I0647050

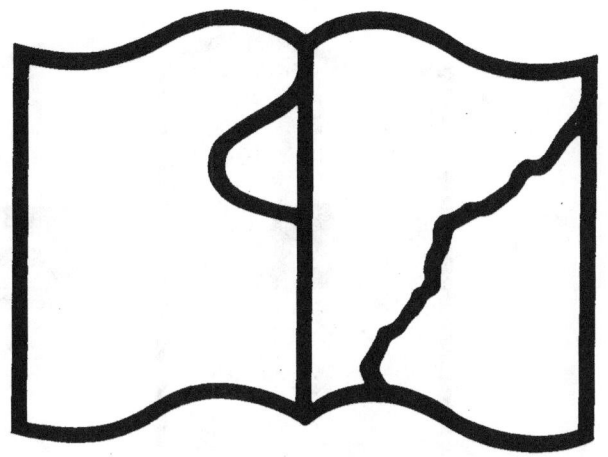

Texte détérioré — reliure défectueuse

NF Z 43-120-11

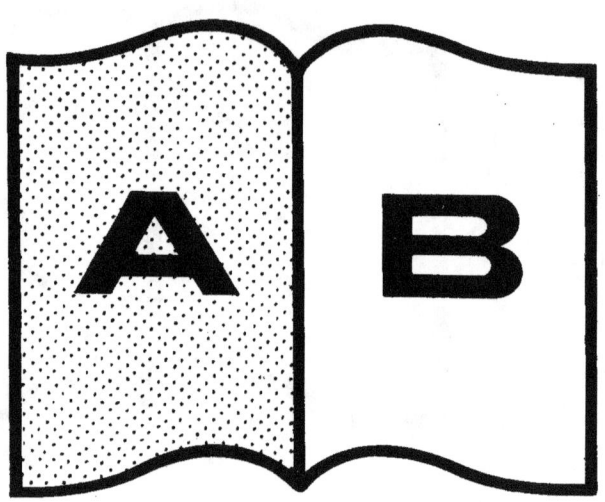

Contraste insuffisant

NF Z 43-120-14

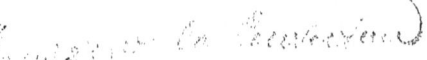

L'AME RUSSE

CONTES CHOISIS

DE

**POUCHKINE — GOGOL — TOURGUÉNEV — DOSTOÏEVSKY
GARCHINE — LÉON TOLSTOÏ**

TRADUCTION

DE

Léon GOLSCHMANN et Ernest JAUBERT

ILLUSTRATIONS DE M. KOROCHANSKY

PARIS

PAUL OLLENDORFF, ÉDITEUR

28 *bis*, RUE DE RICHELIEU, 28 *bis*

—

1896

L'AME RUSSE

IL EST PRIS D'ANGOISSE PARCE QU'IL SE SENT SEUL ET DÉLAISSÉ (p. 268).

L'AME RUSSE

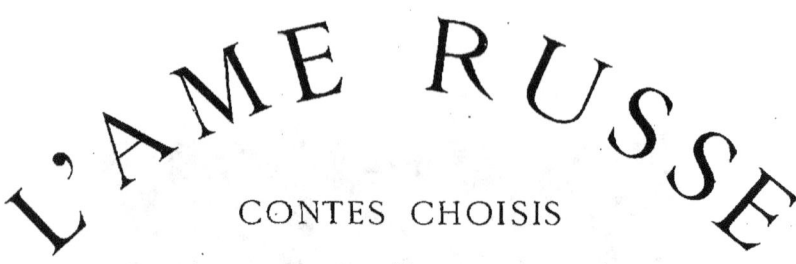

CONTES CHOISIS

DE

**POUCHKINE — GOGOL — TOURGUÉNEV — DOSTOÏEVSKY
GARCHINE — LÉON TOLSTOÏ**

TRADUCTION

DE

Léon GOLSCHMANN et Ernest JAUBERT

ILLUSTRATIONS DE M. KOROCHANSKY

PARIS
PAUL OLLENDORFF, ÉDITEUR
28 *bis*, RUE DE RICHELIEU, 28 *bis*

—

1896
Tous droits réservés.

IL A ÉTÉ TIRÉ A PART
CINQ EXEMPLAIRES SUR PAPIER DE CHINE
NUMÉROTÉS A LA PRESSE
(1 à 5)

ALEX. POUCHKINE

(1799-1837)

LA DAME DE PIQUE

ALEXANDRE POUCHKINE

Né en 1799, à Saint-Pétersbourg, dans un moment où la littérature russe, depuis si largement épanouie en l'œuvre complexe des Tourguenev, des Gontcharov, des Dostoïevsky, des Tolstoï, se cherchait encore et bégayait ses premiers cris, — Alexandre Pouchkine est le premier en date, il est resté le premier par le génie, d'entre les grands poètes de son pays.

Célèbre dès les bancs du lycée par ses petits poèmes imités de nos galants rimeurs du xviiie siècle, salué comme un maître, à dix-huit ans, par tout ce que la Russie comptait alors d'écrivains et d'artistes, il les réunit autour de lui, à l'*Arzamas*, espèce d'académie analogue à ce que devait être, un peu plus tard, notre Cénacle romantique de 1830. Là s'agitaient, parmi ces jeunes gens ardents et impatients du joug, les questions littéraires, et aussi politiques, les plus aventureuses ; si bien que le gouvernement impérial s'émut et, pour quelques années, exila le hardi chef d'école sur les bords de la Mer Noire, au Caucase, dans ce radieux Orient qui l'éblouit, et qu'il chanta dans ses poèmes.

L'avènement de Nicolas Ier, en 1825, rouvre Saint-Pétersbourg à Pouchkine. Il y revient en triomphateur, mène de front les folies et les chefs-d'œuvre, traite la vie comme une chasse à courre, prend d'assaut le succès et la renommée, et tombe à trente-sept ans, frappé à son apogée par la balle d'un duelliste.

Par une contradiction curieuse, ce casse-cou de génie se trouve être, la plume à la main, le plus équilibré des artistes. Il semble que chez lui le cerveau, ferme et mesuré, tienne en bride le cœur exubérant ; ses instincts, tout d'élan et de prime saut, il les plie à la règle d'une volonté réfléchie. Ce chef du romantisme russe, qui s'inspire de Byron dans ses poésies lyriques, et de Shakespeare dans ses essais dramatiques, reste fidèle, dans ses œuvres en prose, aux classiques français dont il est tout nourri, et surtout au précis, au clair Voltaire. — Cette tournure d'esprit n'a pas peu contribué à la faveur dont le nom de Pouchkine jouit auprès des lettrés français : ils ont reconnu, dans les nouvelles de l'écrivain russe, des qualités qui leur sont particulièrement chères, « toutes les qualités littéraires qu'on ne reverra plus chez les écrivains de son pays ; il est aussi concis qu'ils sont diffus, aussi limpide qu'ils sont troubles ; son style châtié, alerte, est élégant et pur de son comme un bronze grec ; en un mot, il a le goût, un terme qui, après lui, n'aura plus guère d'emploi dans les lettres russes [1] ».

Outre ses nouvelles, dont nous donnons ci-après deux des plus remarquables, celui que l'éminent critique cité plus haut appelle « le Pierre le Grand des lettres » a laissé des Odes, des Épîtres, un poème romantique en 6 chants, Rouslan et Ludmila (1820), le Prisonnier du Caucase (1824), les Bohémiens (1827), Oniéguine, Poltava, des Elégies et Boris Godounov (1831), tragédie mi-partie prose et vers, drame shakespearien sur un sujet moscovite.

1. Vicomte Eugène-Melchoir de Vogüé, Le roman russe.

LA
DAME DE PIQUE

———

I

La dame de pique est le signe
d'une malveillance cachée.
(Le plus récent livre cabalistique.)

Et les jours de pluie,
Ils se réunissaient
Souvent ;
Ils cornaient les cartes (Dieu leur pardonne !),
Jouaient de cinquante
A cent,
Et ils gagnaient,
Et ils écrivaient leurs mises
Avec la craie.

On jouait aux cartes chez le garde à cheval Naroumov. Heure par heure se passa la longue nuit d'hiver : à cinq heures du matin, nous nous mettions à table pour souper.

Les gagnants mangèrent de grand appétit; les autres, dans leur préoccupation, restèrent assis devant leur assiette vide. Mais sous l'influence du champagne, la conversation s'anima et tout le monde y prit part.

— Eh bien, Sourine? demanda l'amphitryon.

— J'ai perdu, comme toujours. Il faut avouer que j'ai du guignon. J'ai beau jouer de sang-froid, sans jamais m'irriter, sans jamais perdre la tête, je n'en gagne pas davantage.

— Et Hermann, comment est-il? dit l'un des invités en désignant un jeune officier du génie. Jamais il ne touche une carte, jamais il ne fait un paroli, et jusqu'à cinq heures il demeure avec nous à suivre notre jeu.

— Le jeu m'intéresse fort, répondit Hermann, mais je ne veux pas sacrifier le nécessaire en vue d'un superflu aléatoire.

— Hermann est un Allemand, il est économe, voilà tout! fit observer Tomsky... Qui je ne comprends pas, c'est ma grand'mère, la comtesse Anna Fedorovna.

— Comment? Quoi? s'écrièrent les invités.

— Je ne puis comprendre, reprit Tomsky, pourquoi ma grand'mère ne ponte pas.

— Mais quoi d'étonnant, objecta Naroumov, qu'une personne de quatre-vingts ans ne ponte pas?

— Vous ne savez donc rien!

— Non, vraiment, rien!

— Oh! alors, écoutez! « Il faut vous dire que ma grand'mère, il y a quelque soixante ans, était allée à Paris, où elle devint à la mode. Le peuple se précipitait pour voir la *Vénus mos-*

covite [1]. Richelieu lui faisait la cour, et ma grand'mère assure qu'il faillit se brûler la cervelle à cause de ses rigueurs. En ce temps-là, les dames jouaient au pharaon. Une fois, jouant avec le duc d'Orléans, elle perdit sur parole une somme énorme. De retour chez elle, ma grand'mère, après avoir enlevé ses mouches et détaché ses paniers, déclara sa perte à mon grand-père, et le mit en demeure de payer. Feu grand-père, autant que je me le rappelle, était de la même famille que le majordome de grand'mère : il en avait peur comme du feu. Mais l'énoncé d'une perte si considérable l'épouvanta : il apporta des comptes, établit qu'ils avaient dépensé en une demi-année un demi-million, qu'ils ne possédaient dans les environs de Paris ni *podmoscovna* [2], ni village, et refusa tout net de payer. Grand'mère lui donna un soufflet et, pour lui témoigner sa disgrâce, dîna seule ce soir-là.

« Le lendemain, elle fit appeler son mari, dans l'espoir que cette punition domestique aurait produit quelque effet sur lui ; mais elle le trouva inébranlable. Pour la première fois de sa vie, elle raisonna avec lui, expliqua, voulut bien, pour le persuader, établir qu'il faut distinguer entre telle et telle dette, comme entre un prince et un carrossier...

« — Comment! s'écria le grand-père révolté. Non! et assez!

« Grand'mère ne savait que faire. Elle était en relations avec un homme des plus remarquables. Vous avez certes ouï parler du comte de Saint-Germain, dont on a dit tant de merveilles. Vous savez qu'il s'est donné comme le Juif-Errant, et vanté

---

1. En français dans le texte.
2. On appelle ainsi les domaines situés dans les environs de Moscou.

d'avoir découvert l'élixir vital et la pierre philosophale, etc.
On l'a raillé, traité de charlatan, et Casanova, dans ses
Mémoires, le qualifie d'espion.

« Saint-Germain, d'ailleurs, malgré le mystère dont il s'entourait, payait de mine et se montrait charmant en société.
Encore aujourd'hui, grand'mère en raffole ; elle se fâche
quand on en parle sans respect devant elle.

« Elle savait que Saint-Germain pouvait disposer de sommes
considérables et résolut de s'adresser à lui. Elle lui écrivit un
billet, le priant de passer au plus tôt chez elle. Le vieux drôle
se hâta d'accourir : il la trouva plongée dans l'affliction. Elle
lui peignit sous les couleurs les plus noires la cruauté de son
mari, et finit par lui dire qu'elle comptait sur son amitié et
son obligeance.

« Saint-Germain devint pensif.

« — Je pourrais vous avancer la somme, dit-il ; mais je
sais que vous ne goûteriez pas un moment de tranquillité
avant de me l'avoir remboursée ; et je ne voudrais point,
moi, vous jeter dans de nouveaux embarras... Il est un autre
moyen de vous acquitter.

« — Mais, cher comte, répondit grand'mère, je vous dis que
je n'ai pas d'argent du tout.

« — Il n'est pas besoin d'argent ici, répliqua Saint-Germain ;
ayez seulement la bonté de m'écouter.

« Et il lui dévoila un secret que chacun de nous payerait
cher... »

Les jeunes joueurs redoublèrent d'attention. Tomsky alluma
une pipe, en tira quelques bouffées et continua :

« — Le soir même, ma grand'mère parut à Versailles, au jeu de la Reine [1]. Le duc d'Orléans tenait la banque. Grand'mère s'excusa brièvement de n'avoir point apporté la somme en prétextant je ne sais quelle aventure, et se mit à ponter contre lui. Elle choisit trois cartes, successivement : toutes les trois gagnèrent sonica [2], et grand'mère se trouva quitte. »

— Un hasard! dit l'un des invités.

— Une fable, observa Hermann.

— Peut-être que les cartes étaient marquées, suggéra un troisième.

— Je ne crois pas, répondit Tomsky d'un air d'importance.

— Comment, fit Naroumov, tu as une grand'mère qui devine trois cartes de suite, et toi, jusqu'ici, tu ne t'es point fait apprendre ce secret cabalistique?

— Non, par le diable! répliqua Tomsky. Elle eut quatre fils, dont mon père, tous joueurs enragés : à pas un elle ne découvrit son secret, quoiqu'il leur eût fait plaisir, et à moi aussi. Mais voici ce que m'a dit mon oncle, le comte Ivan Iliitch, en me donnant sa parole d'honneur. Feu Tchaplitzky, le même qui mourut dans la misère après avoir dissipé des millions, perdit une fois, à Zoritch, je m'en souviens, près de trois cent mille roubles. Il était désespéré. Grand'mère, si sévère aux folies de jeunesse, eut pitié de Tchaplitzky. Elle lui indiqua trois cartes, sous la condition qu'il les choisirait l'une après l'autre, consécutivement, et lui fit jurer de ne jamais

---

1. En français dans le texte.

2. Se dit d'une carte qui vient en gain ou en perte le plus tôt qu'elle puisse venir. (Dict. de Littré.)

plus jouer par la suite. Tchaplitzky retourna chez son vainqueur : ils se remirent à jouer. Tchaplitzky ponta sur la première carte cinquante mille roubles, gagna partie, paroli et le tout, si bien qu'il se trouva quitte et même en gain...

— Allons, il est temps d'aller se coucher. Il est déjà six heures moins un quart!...

En effet, le jour commençait à poindre. Les jeunes gens vidèrent leur verre et s'en furent.

II

— Il paraît que Monsieur est décidément
pour les suivantes.
— Que voulez-vous, Madame ? Elles sont
plus fraîches [1].

(*La Conversation du monde.*)

La vieille comtesse *** était assise devant son miroir, dans
son cabinet de toilette.

Trois suivantes l'entouraient. L'une tenait le pot de rouge,
l'autre une boîte d'épingles à cheveux, la troisième une haute
cornette avec des rubans couleur de feu. La comtesse n'affi-
chait plus la moindre prétention à une beauté depuis longtemps évanouie ; mais elle avait conservé toutes les habitudes
et les modes de sa jeunesse, et mettait à s'habiller autant de
temps, autant de soin que soixante ans auparavant. Près de
la fenêtre, une barichnia [2], sa pupille, était penchée sur un
métier à tapisserie.

— Bonjour, babouchka [3], fit en entrant un jeune officier.
Bonjour, mademoiselle Lisa. Babouchka, j'ai une prière à
vous adresser.

1. En français dans le texte.
2. Fille de bârine, seigneur.
3. Grand'mère.

— Qu'est-ce donc, Pavel?

— Permettez-moi de vous présenter l'un de nos amis et de vous l'amener vendredi au bal.

— Amène-le au bal, et là, tu me le présenteras. Étais-tu hier chez ***?

— Certes, et c'était fort gai. On a dansé jusqu'à cinq heures. Qu'elle était jolie, Eleztkaïa!

— Qu'y a-t-il donc de si joli en elle, mon cher? Si tu avais vu sa grand'mère, Darya Petrovna!... A ce propos, elle doit être très vieille, la princesse Darya Petrovna!

— Comment, très vieille! répondit distraitement Tomsky; mais voilà sept ans qu'elle est morte?

La barichnia leva la tête et fit un signe au jeune homme. Il se rappela qu'on cachait à la vieille comtesse la mort des personnes de son âge, et se mordit les lèvres. Mais la comtesse accueillit cette nouvelle avec une parfaite indifférence.

— Elle est morte, dit-elle, et moi qui ne le savais même pas! Nous fûmes choisies ensemble comme demoiselles d'honneur, et lorsque nous nous présentâmes, l'impératrice...

Et la comtesse, pour la centième fois, raconta son anecdote à son petit-fils.

— Maintenant, Pavel, dit-elle ensuite, aide-moi à me lever... Lisagnka[1], où est ma tabatière?

La comtesse s'en fut avec ses suivantes derrière un paravent achever sa toilette. Tomsky demeura avec la barichnia.

---

1. Diminutif de Lisaveta, Elisabeth.

— Qui voulez-vous présenter ? demanda doucement Lisaveta Ivanovna.

— Naroumov ; vous le connaissez ?

— Non. Un militaire ou un civil ?

— Un militaire.

— Ingénieur ?

— Non, cavalier. Pourquoi le croyiez-vous ingénieur ?

La barichnia sourit sans répondre un seul mot.

— Pavel, criait la comtesse de derrière son paravent,
envoie-moi un autre roman, mais, je t'en prie, pas un roman
moderne.

— Comment cela, babouchka ?

— Je veux dire un roman dont le héros n'étouffe point ses
père et mère, et où il n'y ait point de noyé. J'ai trop peur des
noyés.

— Il n'en est point, pour le moment, de ces romans-là.
Mais ne voudriez-vous pas des romans russes ?

— Il y a donc des romans russes ?... Envoie-m'en, je t'en
prie, envoie-m'en !

— Excusez, babouchka ; j'ai hâte... Excusez, Lisaveta Ivanovna... Pourquoi croyiez-vous Naroumov ingénieur ?

Et Tomsky sortit du cabinet de toilette.

Lisaveta Ivanovna, restée seule, laissa là sa tapisserie et se
mit à regarder par la fenêtre. Bientôt, dans la rue, à l'angle
de la maison, parut un jeune officier.

Un vif incarnat colora les joues de la jeune fille ; elle reprit
son ouvrage et baissa la tête sur son canevas. En ce moment
rentra la comtesse tout habillée.

— Fais atteler la voiture, Lisagnka, dit-elle; nous irons nous promener.

Lisaveta releva la tête, puis se remit à son métier.

— Quoi donc, ma petite mère! Tu es sourde? s'écria la comtesse. Fais vite atteler.

— Tout de suite! répondit doucement la barichnia.

Et elle s'élança dans l'antichambre.

Un valet entra et remit à la comtesse des livres de la part du prince Pavel Alexandrovitch.

— Bien, merci! fit la comtesse... Lisagnka, Lisagnka, où cours-tu donc?

— M'habiller.

— Tu as le temps, petite mère. Viens t'asseoir ici. Ouvre donc le premier volume, lis à haute voix...

La barichnia prit le livre et lut quelques lignes :

— Plus haut! fit la comtesse. Qu'as-tu donc, petite mère, as-tu perdu la voix!... Attends... Approche ce tabouret... plus près, donc!

Lisaveta Ivanovna lut encore deux pages. La comtesse bâilla.

— Jette ce livre, dit-elle. Quel tissu d'absurdités! Renvoie-le au prince Pavel avec mes remerciements... Et la voiture !

— Elle est prête, répondit Lisaveta Ivanovna, les yeux sur la voiture.

— Comment! tu n'es pas encore habillée! s'écria la comtesse. Tu te fais toujours attendre. C'est intolérable, petite mère.

Lisa courut à sa chambre. Elle n'y était pas depuis deux

minutes, que la comtesse se mit à sonner de toutes ses forces.
Trois suivantes accoururent par une porte, le valet de chambre
par une autre.

— Qu'est-ce que c'est? C'est donc inutilement qu'on appelle
ici? gronda la comtesse. Allez dire à Lisaveta Ivanovna que
je l'attends.

Lisaveta Ivanovna revint en manteau et en chapeau.

— Enfin, petite mère! fit la comtesse. Mais quelle toilette!
Pourquoi donc?... Qui veux-tu charmer?... Et quel temps
fait-il? Il me semble qu'il fait grand vent dehors!

— Point du tout, Votre Excellence! le temps est très doux!
répondit le valet de chambre.

— Vous ne savez jamais ce que vous dites! Ouvrez le
vasistas... C'est vrai qu'il vente; et quel froid!... Qu'on
dételle! Lisagnka, nous ne sortirons pas; ce n'était pas la
peine de t'habiller.

« Et voilà ma vie! » songeait Lisaveta Ivanovna.

Lisaveta Ivanovna était en effet une créature fort malheureuse. Il est amer, le pain d'autrui, a dit le Dante, et les
marches d'un perron étranger sont lourdes à gravir : et qui,
plus que la pupille pauvre d'une vieille dame noble, eût senti
l'amertume de la sujétion?

Certes, la comtesse n'avait point une âme méchante, mais
elle était capricieuse comme toute femme gâtée par le monde,
avare aussi, égoïste et froide comme toutes les vieilles gens
qui ont aimé dans leur jeune âge et ignorent le présent. Elle
prenait part à toutes les fêtes du grand monde et se montrait
aux bals : là elle s'asseyait dans un coin, fardée et vêtue à

l'ancienne mode, comme un ornement monstrueux et nécessaire de la salle du bal ; les invités, en arrivant, s'avançaient
vers elle avec de profonds saluts, réglés par le cérémonial
établi, et nul ne s'occupait plus d'elle. Elle recevait toute la
ville dans ses salons, observant une étiquette rigoureuse, et
ne reconnaissant plus aucun visage. .

Une valetaille nombreuse s'engraissait dans l'antichambre
et dans la *devitschia*[1], chacun faisant à sa guise, chacun volant
à l'envi la vieille mourante.

Lisaveta Ivanovna était la martyre de la maison. Elle versait le thé, — et s'entendait reprocher d'avoir mis trop de
sucre ; elle lisait à haute voix des romans, — et pâtissait des
fautes de l'auteur ; elle suivait la comtesse dans ses promenades, — et répondait sur la pluie et le beau temps. On lui
assignait un salaire qu'on ne lui payait jamais intégralement,
mais on lui demandait de s'habiller comme tout le monde,
c'est-à-dire comme très peu de monde.

Humiliant était son rôle en société. Chacun la connaissait,
et nul ne lui prêtait la moindre attention. Au bal, elle dansait
seulement quand on manquait de vis-à-vis ; et les dames la
prenaient par le bras chaque fois qu'elles avaient à se rendre
au cabinet de toilette pour arranger quelque chose dans leur
ajustement. Comme elle avait de l'amour-propre, elle sentait
vivement sa situation, et regardait autour d'elle, toujours à
l'affût du sauveur.

Mais les jeunes gens, calculateurs sous leurs apparences de

1. Chambre des servantes.

vanité frivole, ne daignaient point la remarquer, quoique
Lisaveta Ivanovna fût cent fois plus jolie que les froides et
effrontées fiancées autour desquelles ils papillonnaient. Que
de fois, quittant d'un pas furtif le salon ennuyeux et pompeux,
elle s'en allait pleurer dans sa misérable chambre, meublée
d'un paravent recouvert de papier, d'une commode, d'un
petit miroir et d'un lit peint, tandis que la chandelle brûlait
obscurément dans son chandelier de cuivre.

Une fois, — c'était deux jours après la soirée dont il est
parlé au début de cette nouvelle, et huit jours avant la scène où
nous nous sommes arrêté, — une fois que Lisaveta Ivanovna,
assise à son métier, près de la croisée, regardait dans la rue,
elle vit un jeune officier qui, sans bouger, tournait les yeux
vers sa fenêtre. Elle baissa vivement la tête et se remit à son
ouvrage. Au bout de cinq minutes, elle regarda encore —
le jeune homme était toujours là. N'ayant point l'habitude de
coqueter avec les officiers qui passaient, elle cessa de jeter
les yeux au dehors, et cousit près de deux heures sans relever
la tête. On servit le dîner. Elle se leva, et commençait d'arranger son métier, lorsqu'un nouveau coup d'œil lui montra
l'officier à la même place. Cela lui sembla étrange. Après le
dîner, elle revint à la croisée, non sans un peu d'émotion;
mais il n'y avait plus personne.

Elle l'avait oublié lorsque, deux jours après, sortant avec
la comtesse pour monter en voiture, elle l'aperçut de nouveau. Debout tout près du perron, il se couvrait le visage de
son col en castor, et, de dessous son chapeau, ses yeux noirs
étincelaient.

3

Lisaveta Ivanovna prit peur sans savoir elle-même pourquoi, et ce fut avec un tremblement inexplicable qu'elle s'assit dans la voiture. De retour à la maison, elle courut à la
fenêtre : l'officier était à son poste, les yeux levés vers elle.
Elle se retira, tourmentée par la curiosité, en proie à un sentiment entièrement nouveau pour elle.

Il ne se passa plus, dès lors, un seul jour que le jeune
homme n'apparût, à heure fixe, sous les fenêtres de leur maison. Entre elle et lui s'établirent des relations tacites. En arrivant devant son métier, elle le sentait là, levait la tête, et,
d'un jour à l'autre, le considérait plus longuement. Le jeune
officier semblait lui en être reconnaissant : avec les yeux per-
çants de la jeunesse, Lisaveta Ivanovna voyait ses joues pâles
se colorer d'un subit incarnat, toutes les fois que leurs regards
se rencontraient. Au bout d'une semaine, elle lui souriait...

Lorsque Tomsky avait demandé à la comtesse l'autorisa-
tion de lui présenter son ami, le cœur de la pauvre fille s'était
mis à battre avec force. Mais en apprenant que Naroumov
était, non un ingénieur, mais un garde à cheval, elle se
repentit d'avoir, par d'indiscrètes questions, livré son secret
au frivole Tomsky.

Hermann était le fils d'un allemand naturalisé russe, lequel
lui avait laissé une petite fortune. Pénétré de la nécessité
d'assurer son indépendance, Hermann vivait de sa seule solde
sans toucher à son revenu, sans se permettre le moindre
caprice. Ferme d'ailleurs, et plein d'amour-propre, il donnait
rarement à ses camarades l'occasion de le railler sur son économie. Il avait de grandes passions, une imagination ardente ;

mais son énergie le sauva des erreurs ordinaires de la jeunesse. C'est ainsi que, joueur dans l'âme, il ne touchait jamais une carte, ayant réfléchi que sa fortune ne lui permettait pas (comme il le disait) « de sacrifier le nécessaire à l'espoir d'acquérir le superflu ». Mais il restait toutes les nuits devant les cartes, suivant, avec un tremblement fiévreux, les diverses phases du jeu.

L'anecdote des trois cartes frappa vivement son imagination : toute la nuit il y songea.

— Ah! se disait-il le lendemain soir, tout en flânant par les rues de Pétersbourg, ah! si la vieille comtesse allait me révéler son secret, ou m'indiquer les trois cartes fatidiques! Pourquoi ne tenterais-je pas le bonheur!... Me présenter devant elle, chercher à gagner ses bonnes grâces, devenir son ami!... Mais pour tout cela il faut du temps, et elle a quatre-vingts ans. Elle peut mourir dans une semaine, dans deux jours!... Et cette anecdote elle-même est-elle croyable?... Non! l'économie, la modération, l'application, les voilà, mes trois cartes fatidiques, voilà ce qui triplera, septuplera ma fortune, me donnera le repos avec l'indépendance!...

Tout en raisonnant de la sorte, il arriva dans une des belles rues de Pétersbourg, devant une maison d'architecture ancienne. La rue était barrée par les équipages; les voitures roulaient à la file vers un perron illuminé. Des portières sortaient, à chaque minute, tantôt le petit pied fin d'une belle jeune fille, tantôt une botte à l'écuyère vernie, ou le bas rayé et le soulier à boucles d'un diplomate. Les pelisses et les manteaux défilaient devant un suisse majestueux.

Hermann s'arrêta.

— A qui donc est cette maison ? demanda-t-il au soldat de police du coin.

— A la comtesse ***, répondit le soldat.

Hermann tressaillit. L'anecdote merveilleuse lui revint à l'imagination. Il se mit à faire les cent pas devant la maison, en songeant à la bàrinia et à son magique secret.

Tard il rentra dans son humble logis ; de longtemps il ne put s'endormir, et quand le sommeil s'appesantit sur lui, un rêve lui montra les cartes, la table grise, des liasses de bank-notes et un monceau de ducats. Il battait les cartes, jouait hardiment et gagnait sans cesse, entassant l'or devant lui, mettant les bank-notes dans sa poche.

Il se réveilla assez tard, et la perte de sa fortune chimérique lui arracha un soupir. Il s'en fut de nouveau errer par la ville, et de nouveau se trouva devant la maison de la comtesse ***. Une force mystérieuse semblait l'entraîner vers la maison. Il s'arrêta et se mit à regarder les fenêtres. A l'une d'elles il aperçut une mignonne tête aux cheveux noirs inclinée sans doute sur un livre ou sur un ouvrage. La tête mignonne s'étant relevée, Hermann distingua un petit visage frais et des yeux noirs. Cette minute décida de son sort.

III

« Vous m'écrivez, mon ange, des lettres de
quatre pages plus vite que je ne puis les
lire[1]. »

(*Correspondance.*)

A peine Lisaveta Ivanovna venait-elle d'ôter son chapeau et
son manteau, que la comtesse l'envoyait chercher de nouveau
et donnait l'ordre de ratteler. Elles descendirent pour monter
en voiture; tandis que deux laquais enlevaient la vieille dame
et l'introduisaient par la portière, Lisaveta Ivanovna, tout
contre la roue même, aperçut son ingénieur. Il lui prit le
bras, et elle n'était pas encore revenue de son effroi que
le jeune homme avait disparu : une lettre se trouvait dans
sa main.

Elle la cacha sous son gant et, pendant toute la promenade,
elle n'écouta rien, ne vit rien. La comtesse avait l'habitude
de lui poser, à tout propos, dans la voiture, des questions de
ce genre : « Qui avons-nous rencontré? Comment s'appelle ce
pont? Qu'y a-t-il d'écrit sur cette enseigne? » Cette fois, Lisaveta Ivanovna répondait au hasard et à contresens; la comtesse se fâcha.

1. En français dans le texte.

— Que t'est-il donc arrivé, petite mère? Es-tu frappée de
stupeur? Ou tu n'écoutes pas, ou tu ne comprends pas!... Dieu
merci! je parle comme il sied et je ne suis pas tombée en
enfance!

Lisaveta Ivanovna ne l'écoutait guère. De retour à la maison, elle courut dans sa chambre et retira la lettre du gant :
elle n'était pas cachetée.

Lisaveta Ivanovna la lut d'un bout à l'autre. La lettre conte-
nait une déclaration : elle était tendre, respectueuse, traduite
mot pour mot d'un roman allemand. Mais Lisaveta Ivanovna
ne savait pas l'allemand, elle fut enchantée.

Cependant cette lettre ne laissait pas de l'inquiéter beaucoup. C'était la première fois qu'elle entrait en relations avec
un jeune homme; son audace l'effrayait; elle se reprochait sa
conduite imprudente et ne savait à quoi se résoudre. Cesse-
rait-elle de s'asseoir près de la fenêtre, en vue d'ôter au jeune
homme, par cette marque d'indifférence, toute envie de pousser plus loin l'aventure? Lui renverrait-elle sa lettre? Lui
répondrait-elle sur un ton froid et catégorique? Elle n'avait
personne à qui se confier : ni amie, ni conseillère. Lisaveta
Ivanovna se décida à répondre.

Elle se mit à son secrétaire, prit une plume, du papier, et
demeura pensive. Elle commença plusieurs lettres qu'elle
déchirait aussitôt : tantôt les termes lui en semblaient trop
tendres, tantôt trop sévères. Elle réussit enfin à tracer quelques
lignes qui la satisfirent.

« Je suis sûre, écrivait-elle, que vos intentions sont hon-
nêtes, et que vous n'avez point voulu m'outrager par une

action irréfléchie; mais ce n'est point ainsi que nos relations devaient s'établir. Je vous renvoie votre lettre, et j'espère que je n'aurai plus dorénavant à me plaindre d'une offense imméritée. »

Le lendemain, dès qu'elle eut aperçu Hermann, Lisaveta Ivanovna se leva de son métier, alla ouvrir le vasistas et jeta la lettre dans la rue, se fiant à l'adresse du jeune officier. Hermann courut la ramasser, et entra chez un confiseur. En brisant le cachet, il trouva sa lettre et la réponse de Lisaveta Ivanovna. C'était plus qu'il n'en espérait, et il revint chez lui très absorbé par son intrigue.

Trois jours après, une très jeune et très délurée demoiselle apportait à Lisaveta Ivanovna un billet du magasin de modes. Elle l'ouvrit avec inquiétude, prévoyant une demande d'argent; tout à coup, elle reconnut l'écriture d'Hermann.

— Vous vous trompez, ma chère, dit-elle; ce billet n'est pas pour moi.

— Pardon, il est bien pour vous! répondit l'effrontée sans dissimuler un sourire rusé. Voulez-vous lire?

Lisaveta Ivanovna parcourut le billet. Hermann lui demandait un rendez-vous.

— Impossible! dit-elle, non moins effrayée de la promptitude de la demande que du moyen employé, cela n'est pas écrit pour moi.

Et elle déchira la lettre en mille morceaux.

— Si la lettre n'était pas pour vous, pourquoi l'avez-vous déchirée? fit observer la demoiselle; moi, je l'aurais rendue à celui qui l'a envoyée.

— Je vous en prie, ma chère, dit Lisaveta Ivanovna en rougissant de cette remarque, ne m'apportez plus de billet à l'avenir. Et dites à celui qui vous envoie qu'il devrait avoir honte...

Mais Hermann ne se décourageait point. Lisaveta Ivanovna recevait chaque jour du jeune homme des lettres par différentes voies. Elles n'étaient plus traduites de l'allemand, ces lettres. Hermann les écrivait sous le coup de la passion ; il y parlait un langage propre; elles respiraient l'intensité et le désordre d'une fougueuse imagination.

Lisaveta Ivanovna ne songeait plus maintenant à les renvoyer : elle s'enivrait de leur lecture, elle répondait, et ses billets se faisaient de jour en jour plus longs et plus tendres. Enfin, elle lui jeta par la fenêtre la lettre suivante :

« Aujourd'hui, bal chez l'ambassadeur de ***. La comtesse y sera. Nous resterons jusqu'à deux heures. Voilà pour vous une occasion de me voir tête à tête. Après le départ de la comtesse, ses domestiques ne sauraient manquer de sortir. Le suisse restera dans le vestibule; mais il ne tarde pas d'habitude à rentrer dans sa chambre. Venez à onze heures et demie. Allez droit à l'escalier. Si vous trouvez quelqu'un dans le vestibule, demandez-lui si la comtesse est chez elle. On vous dira que non. Dans ce cas, rien à faire, il faudra vous en retourner. Mais vous ne rencontrerez sans doute personne. Les servantes sont chez elles, dans la chambre commune. Une fois dans le vestibule, prenez à gauche, allez tout droit jusqu'à la chambre à coucher de la comtesse. Là, derrière le paravent, vous verrez deux petites portes ouvrant,

à droite dans un cabinet où la comtesse n'entre jamais, à
gauche dans un corridor; vous y trouverez un étroit escalier
en colimaçon, il mène à ma chambre. »

Hermann frémissait comme un tigre en attendant l'heure
indiquée. A dix heures du soir, il se trouvait déjà devant la
maison de la comtesse. Il faisait un temps affreux : le vent
hurlait, une neige mêlée de pluie tombait à flocons, les réver-
bères jetaient une lueur blafarde; les rues étaient désertes.
De temps à autre passait avec sa rosse maigre quelque *vaneka* [1]
à l'affût d'un voyageur attardé. Malgré son unique surtout,
Hermann ne sentait ni le vent, ni la neige.

Enfin on avança la voiture de la comtesse. Hermann aperçut, soutenue par des laquais, la vieille dame toute courbée
et enveloppée dans une pelisse de zibeline; derrière elle,
dans un froid manteau, des fleurs fraîches aux cheveux,
apparut Lisaveta Ivanovna. La portière fut poussée avec bruit,
et la voiture se mit à rouler sur la neige friable, tandis que le
suisse refermait la porte.

Les fenêtres s'obscurcirent. Hermann se mit à marcher
devant la maison déserte; il était onze heures vingt. Il se tint
immobile sous le réverbère, les yeux fixés sur l'aiguille de sa
montre, attendant que les dernières minutes se fussent
écoulées.

A onze heures et demie précises, Hermann gravit le perron
de la comtesse et pénétra dans un vestibule éclairé d'une
lumière vive. Le suisse n'y était pas. Le jeune homme courut

---

1. Nom qu'on donne aux pauvres cochers qui, sans autre avoir qu'une haridelle,
un mauvais traîneau et de vieux harnais, s'en vont, l'hiver, gagner leur vie dans les
grandes villes.

au haut de l'escalier, ouvrit la porte de l'antichambre et
aperçut un domestique endormi sous la lampe, au fond d'un
vieux fauteuil usé. D'un pas léger et assuré, Hermann passa
devant lui : la chambre et le salon étaient obscurs; la lampe
de l'antichambre les éclairait à peine.

Hermann entra dans la chambre à coucher. Devant l'ar-
moire vitrée des vieilles icones brûlait une lampe d'or. Des
fauteuils à la soie fanée, des sophas aux dorures effacées,
garnis d'oreillers de duvet, s'alignaient, tristes et symétriques,
le long des murs, tapissés de papier de Chine et ornés de deux
portraits peints jadis par Mme Lebrun. L'un d'eux représentait
un homme d'une quarantaine d'années, au visage vermeil et
plein, dans un uniforme vert clair décoré d'une plaque; l'autre,
une belle jeune femme au nez aquilin, une rose dans ses cheveux poudrés. On voyait dans tous les coins des bergères en
porcelaine, de petites boîtes, une pendule du fameux Leroy,
des éventails, une foule de bibelots inventés à la fin du siècle
dernier en même temps que l'aérostat de Montgolfier et le
magnétisme de Mesmer.

Hermann, ayant contourné le paravent, aperçut derrière
un petit lit de fer; à droite se trouvait la porte qui menait
dans le cabinet, à gauche, la porte qui donnait dans le corridor. Hermann l'ouvrit et reconnut l'étroit escalier en colimaçon qui conduisait dans la chambre de la pauvre pupille...
Mais il se retourna et pénétra dans le cabinet noir.

Les heures se traînaient lentes. Tout était muet. Minuit
sonna dans le salon, et le silence régna de nouveau. Hermann
se tenait debout contre le marbre froid de la cheminée. Il se

sentait calme; son cœur battait régulièrement, comme chez un homme qui vient de prendre une résolution dangereuse, mais nécessaire.

Une heure, deux heures sonnèrent. Il entendit le bruit lointain de la voiture. Une émotion l'investit, involontaire. La voiture s'approcha, puis s'arrêta; il entendit le bruit du marchepied qu'on abaissait. On s'agitait dans la maison. Les domestiques couraient, des voix résonnaient, des lumières s'allumaient. Dans la chambre à coucher accoururent trois vieilles femmes de chambre; à peine vivante, la comtesse entra et s'affaissa dans le fauteuil Voltaire.

Hermann regardait par une fente. Il vit passer devant lui Lisaveta Ivanovna; il l'entendit précipiter ses pas sur les marches de l'escalier. Il sentit dans son cœur quelque chose comme un remords de sa conscience: mais il la fit taire et s'endurcit.

La comtesse commençait à se déshabiller devant la glace. On lui dépinglait son bonnet garni de roses; on ôtait la perruque poudrée de dessus ses cheveux tout blancs et coupés court. Les épingles tombaient autour d'elle comme la pluie. Sa robe bleue, lamée d'argent, glissa sur ses pieds enflés.

Hermann assistait aux hideux mystères de cette toilette. Enfin la comtesse apparut en camisole et en bonnet de nuit; et dans ce costume plus en rapport avec sa vieillesse, elle lui sembla moins affreuse et moins répugnante.

Comme la plupart des gens de son âge, la comtesse souffrait de l'insomnie. Une fois déshabillée, elle s'assit près de la fenêtre dans le fauteuil Voltaire, et renvoya ses femmes de

chambre. Les bougies furent emportées ; de nouveau la pièce
ne fut plus éclairée que par la lampe des icones. La comtesse
apparaissait toute bleue ; elle remuait ses lèvres pendantes, et
se balançait de droite à gauche. Dans ses yeux troubles se
révélait l'absence absolue de toute pensée. On eût pu croire,
à la voir, que les oscillations de la terrifiante vieille étaient
l'effet, non de sa volonté, mais d'un galvanisme caché !

Soudain ce visage mort changea étrangement. Les lèvres ne
remuaient plus, les yeux vivaient : devant la comtesse se
dressait un inconnu.

— N'ayez pas peur, au nom du ciel, n'ayez pas peur, dit-il
d'une voix calme et claire. Je n'ai point besoin de vous nuire ;
je suis venu implorer de vous une grâce, une seule.

La vieille dame le regardait en silence et, semblait-il,
sans entendre. Hermann la crut sourde ; il se baissa tout près
de son oreille et répéta sa phrase. L'autre resta aussi muette
que devant.

— Vous pouvez, poursuivit-il, faire ma fortune sans qu'il
vous en coûte rien : je sais que vous pouvez deviner trois
cartes de suite...

Hermann s'arrêta. La comtesse semblait avoir compris ce
qu'on lui demandait, et chercher des mots pour sa réponse.

— C'était une plaisanterie, dit-elle enfin ; je vous jure que
c'était une plaisanterie.

— Il n'y a pas là de quoi plaisanter, répondit Hermann d'un
air fâché. Rappelez-vous Tchaplintzky, qui grâce à vous se
racquitta.

La comtesse devint visiblement confuse. Ses traits expri-

Hermann tomba à genoux (p. 31).

maient une violente agitation intérieure; mais bientôt elle
retomba dans son insensibilité précédente.

— Pouvez-vous, reprit Hermann, m'indiquer ces trois cartes
fatidiques ?

La comtesse gardait le silence. Il continua.

— Pour qui gardez-vous votre secret ? Pour vos petits-fils ?
Ils sont riches sans cela ; ils ne connaissent pas le prix de
l'argent. Vos trois cartes ne sauraient aider un dépensier.
Celui qui ne peut pas conserver son patrimoine mourra dans
la misère, eût-il pour lui les puissances infernales. Moi je ne
suis pas un dépensier : je sais le prix de l'argent. Vos trois
cartes ne seront pas perdues pour moi. Eh bien !...

Il s'arrêta, il attendit, tout tremblant, une réponse. Mais la
comtesse se taisait. Hermann tomba à genoux.

— Si jamais votre cœur, dit-il, a connu le sentiment de
la tendresse, si vous n'en avez pas oublié les extases, si, ne
fût-ce qu'une fois, vous avez à travers vos larmes souri
à un fils nouveau-né, si quelque chose d'humain a jamais
battu dans votre poitrine, je vous en conjure par les sentiments d'une épouse, d'une mère, par tout ce qui est
sacré dans la vie, ne rejetez pas ma prière, découvrez-moi
votre secret !... Ce secret, quel est-il?... Peut-être l'avez-vous
payé de quelque horrible péché, de la perte du salut éternel,
d'un pacte avec le démon... Réfléchissez! vous êtes âgée;
vous n'avez plus longtemps à vivre... Je suis prêt à
prendre votre péché sur mon âme. Découvrez-moi seulement
votre péché. Songez que le bonheur d'un homme est entre vos
mains, que non seulement moi, mais encore mes enfants et

mes petits-enfants, nous bénirons à jamais votre mémoire, nous l'honorerons comme la sainteté...

La comtesse ne répondit pas un mot. Hermann se leva.

— Vieille sorcière! fit-il en serrant les dents. Je te forcerai à répondre...

En parlant ainsi, il tira de sa poche un pistolet.

A la vue du pistolet, la comtesse, pour la seconde fois, manifesta une vive émotion. Elle hocha la tête, leva les bras comme pour se protéger contre le coup de feu,... puis elle se rejeta en arrière et demeura sans mouvement.

— Cessez de vous conduire comme un enfant, dit Hermann en lui prenant le bras. Je vous le demande pour la dernière fois : Voulez-vous, oui ou non, m'indiquer vos trois cartes ?

La comtesse ne répondit pas. Hermann s'aperçut qu'elle était morte.

IV

7 mai 18..

Homme sans mœurs et sans religion [1].
(*Correspondance*.)

Assise dans sa chambre, ayant encore sa toilette de bal,
Lisaveta Ivanovna s'abîmait dans de profondes réflexions. En
rentrant à la maison elle s'était hâtée de renvoyer la servante
ensommeillée qui offrait ses services à contre-cœur, en lui
disant qu'elle se déshabillerait elle-même. Puis, toute trem-
blante, elle avait gagné sa chambre, s'attendant à y trouver
Hermann, mais désirant de ne point l'y trouver. Le premier
coup d'œil l'assura de son absence ; et elle remercia le sort
d'avoir empêché leur rendez-vous.

Elle s'assit, sans se déshabiller, et se mit à songer. Elle se
rappelait toutes les circonstances qui l'avaient entraînée si
loin en si peu de temps. Voilà trois semaines à peine qu'elle
avait vu pour la première fois le jeune homme par la
fenêtre, — et déjà ils s'écrivaient, déjà il avait obtenu d'elle
un rendez-vous ! Si elle savait son nom, c'était — unique.

---

1. En français dans le texte.

5

ment — qu'il avait signé quelques-unes de ses lettres ; ils
n'avaient jamais échangé une seule parole, elle n'avait jamais
entendu sa voix, jamais elle n'avait ouï parler de lui... jusqu'à
ce même soir. Chose étrange, ce soir même, au bal, Tomsky,
dépité contre la jeune princesse Pauline***, qui ne coquetait
pas avec lui comme à son habitude, et désireux de se venger
en rendant indifférence pour indifférence, invita Lisaveta
Ivanovna et dansa avec elle une interminable mazourka. Tout
le temps il la plaisanta sur sa partialité à l'égard des officiers du génie, l'assurant qu'il en savait beaucoup plus long
qu'elle ne pouvait le supposer ; et quelques-unes de ses
plaisanteries tombaient si bien que Lisaveta Ivanovna crut
à plusieurs reprises que son secret n'en était plus un pour
lui.

— De qui tenez-vous cela ? demanda-t-elle en riant.

— De l'ami de quelqu'un que vous connaissez bien, répondit Tomsky, « l'homme remarquable ».

— Et quel est cet homme remarquable ?

— On l'appelle Hermann.

Lisaveta Ivanovna ne répondit rien ; mais ses bras et ses
pieds se glacèrent.

— Cet Hermann, poursuivait Tomsky, est un être véritablement romanesque : il a le profil de Napoléon et l'âme de
Méphistophélès. Je crois qu'il a sur la conscience au moins
trois crimes... Comme vous êtes devenue pâle !...

— J'ai mal à la tête... Mais qu'est-ce qu'a dit Hermann...
ou comment s'appelle-t-il ?

— Hermann est très irrité contre son ami, il disait qu'à sa

place il agirait tout autrement... Je crois même qu'Hermann
a aussi des intentions sur vous.

— Mais où m'a-t-il vue ?

— A l'église, peut-être, ou à la promenade ! Dieu le sait !
Et peut-être dans votre chambre, pendant votre sommeil ;
avec lui, on peut s'attendre à tout.

En ce moment, trois bârinias, s'avançant vers eux avec
cette question : « Oubli ou refus¹ ? » interrompirent une conversation d'un intérêt poignant pour Lisaveta Ivanovna.

La bârinia choisie par Tomsky était justement la princesse
Pauline***.

En quelques tours de danse, elle réussit à se disculper
auprès de lui, et Tomsky, en arrivant à sa place, ne pensait
déjà plus à Hermann ni à Lisaveta Ivanovna. Celle-ci eût bien
voulu reprendre l'entretien interrompu, mais la mazourka
finissait et bientôt la vieille comtesse se retirait.

Les paroles de Tomsky n'avaient été qu'un bavardage de
mazourka ; mais elles se gravèrent dans l'âme de la jeune
rêveuse. Le portrait crayonné à la hâte par le jeune homme
s'accordait avec l'image qu'elle s'était tracée elle-même d'Hermann et, grâce aux romans modernes, cette figure vulgaire
terrifiait et fascinait son imagination. Elle était assise, les
bras nus en croix, la tête, encore parée de fleurs, inclinée sur
sa poitrine...

Tout à coup la porte s'ouvrit, et Hermann entra. Elle se
mit à frissonner.

----

1. En français dans le texte.

— Où étiez-vous donc ? demanda-t-elle en un chuchotement
effrayé.

— Dans la chambre à coucher de la vieille comtesse, répondit Hermann. J'étais près d'elle tantôt. La comtesse est
morte.

— Mon Dieu ! que dites-vous ?

— Et je crois bien, continua Hermann, que je suis cause
de sa mort.

Lisaveta Ivanovna le regarda. Les paroles de Tomsky reten-
tissaient dans son âme : « *Cet homme a au moins trois crimes
sur la conscience !* »

Hermann s'assit sur la fenêtre, auprès d'elle, et lui raconta
tout.

Elle écoutait avec effroi. Ainsi donc, ces lettres passion-
nées, ces ardentes supplications, ces insolentes, ces opiniâtres
poursuites, tout cela n'était point de la tendresse ! L'argent,
voilà ce qu'il recherchait de toute la puissance de son âme ! Ce
n'était pas elle qui pouvait combler ses désirs et le rendre
heureux ! La pauvre pupille n'était autre chose que l'aveugle
complice du brigand, de l'assassin de sa vieille bienfaitrice...

Elle se mit à pleurer à chaudes larmes, larmes de douloureux et tardif repentir. Hermann la regardait en silence : son
cœur aussi était déchiré ; mais ni les pleurs de la pauvre fille,
ni le spectacle de sa douleur n'ébranlèrent son âme farouche.
L'idée de la vieille morte ne lui inspirait aucun remords. La
seule chose qui le désolât, c'était la perte irrévocable du
secret dont il attendait la fortune.

— Vous êtes un monstre, dit enfin Lisaveta Ivanovna.

— Je ne voulais pas sa mort, répondit Hermann. Mon
pistolet n'est pas chargé.

Ils se turent.

L'aurore se levait, Lisaveta Ivanovna éteignit la bougie
entièrement consumée : une pâle lumière éclaira la chambre.
Elle essuya ses yeux baignés de larmes et les leva sur Hermann : il était assis sur la fenêtre, les bras croisés, les sourcils sévèrement froncés. Dans cette posture, il rappelait éton-
namment le portrait de Napoléon. Cette ressemblance frappa
Lisaveta elle-même.

— Comment sortirez-vous de la maison ? finit-elle par
demander. Je comptais vous reconduire par l'escalier dérobé,
mais il faudrait traverser la chambre à coucher, et j'ai peur.

— Dites-moi comment je trouverai cet escalier dérobé, je
sortirai bien tout seul.

Elle se leva, prit sur la commode une clef qu'elle lui
remit et lui donna les instructions les plus détaillées. Hermann pressa la main inerte et froide de la jeune fille, effleura
des lèvres sa tête inclinée et sortit.

Il descendit l'escalier en colimaçon et pénétra de nouveau
dans la chambre à coucher de la comtesse. La vieille morte
était assise, déjà glacée ; son visage exprimait une sérénité
profonde. Hermann, arrêté devant elle, la contempla longtemps, comme désireux de constater l'horrible vérité. Il rentra enfin dans le cabinet, découvrit une porte sous le papier
peint, et descendit un escalier obscur ; il était en proie à d'é-
tranges sentiments.

— Par ce même escalier, songeait-il, voilà combien d'ans,

dans la même chambre, vêtu d'un caftan brodé, peigné à l'oiseau royal[1], et pressant sur son cœur son tricorne, se glissait le comte, maintenant mort depuis longtemps ; et voilà que le cœur de la comtesse a cessé de battre aujourd'hui.

Au bout de l'escalier, Hermann rencontra une porte qu'il ouvrit avec la clef, et se retrouva dans un corridor éclairé qui le conduisit dans la rue.

1. En français dans le texte.

V

Cette même nuit m'apparut la baronne
de V***. Elle était tout en blanc et me dit :
« Bonjour, Monsieur le Conseiller ! »

(SWEDENBORG.)

Trois jours après la nuit fatale, à neuf heures du matin, Hermann partit pour le couvent de ***, où devait se faire le service funèbre de la comtesse défunte. Bien qu'il n'éprouvât pas le moindre repentir, il ne pouvait cependant étouffer tout à fait le cri de sa conscience qui lui répétait : « C'est toi qui es l'assassin de la vieille dame. » Sans avoir beaucoup de véritable religion, il était superstitieux à l'excès. Persuadé que la comtesse morte pouvait exercer sur sa vie une influence nuisible, il résolut d'aller à ses obsèques pour implorer son pardon.

L'église était pleine ; Hermann eut toutes les peines à fendre la foule. Le cercueil était posé sur un riche catafalque surmonté d'un baldaquin de velours. La défunte y reposait, les bras croisés sur sa poitrine, en bonnet garni de dentelles, en robe de satin blanc. Toute la maison l'entourait : les domestiques en caftans noirs, des rubans attachés à l'épaule et des bougies aux mains, les parents en grand deuil, puis les

enfants, les petits-enfants et les arrière-petits-enfants. Personne ne pleurait : les larmes eussent été une affectation [1]. La
comtesse était si vieille que sa mort ne pouvait surprendre
personne, et que les parents la considéraient, depuis de longues années, comme ayant fini son temps.

Un bon prédicateur prononça l'oraison funèbre. En termes
simples et touchants, il dit le paisible sommeil de la bienheu-
reuse dont la longue existence n'avait été qu'une sereine,
qu'une édifiante préparation à une mort chrétienne :

— L'ange de la mort, disait l'orateur, l'a trouvée dans des
pensées heureuses et dans l'attente du fiancé de minuit.

L'office divin s'acheva dans un recueillement digne et triste.
Les parents firent, les premiers, leurs adieux à la dépouille
mortelle, puis les nombreux invités venus pour rendre un
dernier hommage à celle qui, pendant si longtemps, avait été
la compagne de leurs frivoles plaisirs, puis les gens de la maison. Enfin s'avança une vieille bârinia, du même âge que la
défunte. Deux jeunes filles la soutenaient sous les bras. Elle
ne put saluer jusqu'à terre : seule, elle pleura, en embrassant
la main froide de son amie.

Après elle, Hermann s'approcha du cercueil. Il se prosterna
et demeura quelques minutes sur les dalles froides, jonchées
de branches de sapin. Il se releva enfin, pâle comme la morte
elle-même, gravit les marches du catafalque et se pencha... A
ce moment, il lui sembla que la défunte le regardait railleusement, en fermant un œil. Hermann, se rejetant brusquement

en arrière, fit un faux pas et tomba par terre. On le releva. Au même instant, on emportait Lisaveta Ivanovna évanouie.

Cet incident troubla pendant quelques minutes la solennité de la cérémonie funèbre. Un murmure sourd s'éleva de la foule des invités, et un chambellan maigre, proche parent de la morte, souffla à l'oreille de l'Anglais, son voisin, que le jeune officier était le fils naturel de la comtesse, à quoi l'Anglais répondit froidement : « Oh ! »

Toute la journée, Hermann fut comme déséquilibré. En dînant dans une auberge isolée, il but beaucoup, contre son habitude, dans l'espoir d'étouffer son agitation intérieure. Mais le vin ne fit qu'enflammer davantage son imagination. De retour chez lui, il se jeta tout habillé sur son lit et s'endormit profondément.

Pendant la nuit, il s'éveilla : la lune éclairait sa chambre. Il consulta sa montre ; il était trois heures moins le quart. Il lui fut impossible de se rendormir ; il se mit sur son séant et repassa dans son esprit les obsèques de la vieille comtesse.

A ce moment, quelqu'un regarda chez lui par la fenêtre et disparut presque aussitôt. Hermann n'y fit pas attention. Une minute après, il entendit ouvrir la porte du vestibule. Il crut que c'était son ordonnance, qui rentrait d'une promenade nocturne, ivre comme d'habitude. Mais il entendit un pas inconnu : quelqu'un marchait doucement, en faisant claquer ses pantoufles.

La porte s'ouvrit : une femme en robe blanche entra. Hermann la prit pour sa vieille nourrice, et s'étonna de la voir arriver à une heure pareille. Mais la femme blanche, se glis-

6

sant, tout à coup se trouva devant lui ; — et Hermann reconnut
la comtesse !

— Je suis venue contre ma volonté, dit-elle d'un ton brusque ; mais on m'a ordonné d'exaucer ta prière. Le trois, le
sept et l'as, consécutivement, te feront gagner ; mais ne joue
pas plus d'une carte par vingt-quatre heures, et ensuite ne
joue plus de ta vie. Je te pardonne ma mort, à la condition
que tu épouseras ma pupille Lisaveta Ivanovna.

Après ces paroles, elle se retourna lentement, gagna la
porte et disparut en faisant claquer ses pantoufles. Hermann
entendit la porte du vestibule se refermer avec force, et vit de
nouveau quelqu'un regarder chez lui par la fenêtre.

Hermann fut longtemps sans recouvrer ses esprits. Il sortit
dans le vestibule. Son ordonnance dormait sur le plancher.
Hermann eut de la peine à le réveiller : il était ivre comme à
l'ordinaire ; impossible de tirer de lui une réponse catégorique. La porte du vestibule était fermée. Hermann revint
dans sa chambre, alluma sa bougie et nota sa vision.

VI

— Attendez !
— Comment avez-vous osé me dire :
« Attendez ! »
— Votre Excellence, j'ai dit : « Atten-
dez, Monsieur. »

Deux idées fixes ne peuvent coexister dans le même cerveau, pas plus que deux corps ne sauraient occuper le même
point de l'univers physique. Le trois, le sept et l'as eurent
bientôt chassé de l'esprit d'Hermann l'image de la vieille
morte. Le trois, le sept et l'as ne lui sortaient pas de la tête ;
ils revenaient à tout propos sur ses lèvres. Voyait-il une jeune
fille ? « La jolie taille ! disait-il ; un véritable trois de cœur. »
Lui demandait-on l'heure ? il répondait : « Le sept moins cinq
minutes. » Chaque homme à panse rebondie lui rappelait un
as. Le trois, le sept et l'as le suivaient dans son sommeil,
revêtant les aspects les plus variés : le trois fleurissait comme
une grande et splendide fleur, le sept prenait des airs de porte
gothique, l'as figurait une grosse araignée. Toutes ses pensées
se fondaient en une seule : mettre à profit le secret payé si
cher. Il songeait à donner sa démission et à se rendre à Paris,
dans les maisons de jeu, pour arracher une fortune au sort
maîtrisé. Le hasard le tira d'embarras.

Il s'était formé à Moscou une société de riches joueurs, sous la présidence du fameux Tchekalinsky, qui passa sa vie entière dans les cartes et amassa des millions à gagner des billets et à perdre l'argent comptant. Une longue expérience lui avait acquis la confiance de ses compagnons ; une maison ouverte, un bon cuisinier, son urbanité et sa gaîté lui concilièrent les suffrages du monde.

Tchekalinsky arriva à Pétersbourg. La jeunesse afflua chez lui, délaissant les bals pour les cartes, préférant les charmes du pharaon aux illusions de la galanterie. Naroumov y mena Hermann.

Ils traversèrent une enfilade de pièces magnifiques. Le personnel était nombreux et poli ; des généraux, des conseillers privés jouaient au whist; des jeunes gens, étendus sur des divans, prenaient des glaces et fumaient la pipe. Dans le grand salon, devant une longue table où se pressaient une vingtaine de joueurs, le maître de céans était assis et tenait la banque.

C'était un homme d'une soixantaine d'années, à l'extérieur le plus respectable, aux cheveux d'un gris d'argent ; le visage frais, plein, reflétait la bonté du cœur ; les yeux brillaient, vivifiés par un perpétuel sourire. Naroumov lui présenta Hermann. Tchekalinsky serra cordialement la main du nouveau venu, le pria de ne point faire de cérémonies, et se remit à tenir la banque. La taille était longue. Sur la table plus de trente cartes étaient retournées. Tchekalinsky s'arrêtait après chaque carte, pour donner aux joueurs le temps de se reconnaître et d'inscrire leur perte, poliment écoutait leurs

demandes, et, plus poliment encore, dépliait les coins qu'il
avait pliés d'une main distraite. Enfin la taille s'acheva. Tchekalinsky mêla les cartes et se prépara à tenir une autre banque.

— Permettez-moi de choisir une carte, dit Hermann en
étendant la main au-dessus d'un gros monsieur qui pontait
aussi.

Tchekalinsky sourit et s'inclina sans répondre, en signe
d'assentiment. Naroumov, en riant, félicita Hermann d'avoir
rompu son long jeûne et lui souhaita d'heureux débuts.

— Ça va, dit Hermann, en écrivant le montant de sa mise
avec de la craie sur sa carte, — un trois.

— Combien, monsieur? demanda le banquier, en fermant
un œil. Excusez, monsieur, je ne vois pas bien.

— Quarante-sept mille[1]! répondit Hermann.

A ces mots, toutes les têtes se tournèrent vers lui, tous les
yeux se fixèrent sur lui.

— Il est devenu fou? pensa Naroumov.

— Permettez-moi de vous faire observer, dit Tchekalinsky
avec son éternel sourire, que votre jeu est excessif; personne
ici n'a encore joué plus de deux cent soixante-quinze roubles
d'un coup.

— Quoi donc! répliqua Hermann. Tenez-vous, oui ou non?
Tchekalinsky s'inclina avec le même signe d'assentiment.

— Je dois seulement vous rappeler, fit-il, qu'honoré de la
confiance de mes compagnons je ne peux tenir la banque
autrement qu'argent comptant. Pour moi, je suis bien assuré,

1. C'est-à-dire quarante-sept mille roubles. Le rouble vaut environ 2 fr. 70.

certes, qu'il suffit de votre parole, mais pour le bon ordre du
jeu et des comptes, je vous prie de mettre la somme sur votre
carte.

Hermann sortit de sa poche un chèque de la banque et le
tendit à Tchekalinsky, qui, après l'avoir rapidement examiné,
le plaça sur la carte d'Hermann.

Puis il commença à tenir la banque. Il donna : à droite, un
neuf ; à gauche, un trois.

— Gagné ! dit Hermann en montrant sa carte, — un trois.

Un murmure s'éleva de la foule des joueurs. Tchekalinsky
fronça les sourcils ; mais le sourire reparut aussitôt sur son
visage.

— Voulez-vous recevoir ? demanda-t-il à Hermann.

— S'il vous plaît.

Tchekalinsky sortit de sa poche une liasse de billets de
banque et fit aussitôt le compte. Hermann prit la somme et
quitta la table. Naroumov n'en revenait pas. Hermann but un
verre de limonade et rentra chez lui.

Le lendemain soir, il revint chez Tchekalinsky. Celui-ci
tenait la banque. Hermann s'approcha de la table ; les pontes
s'empressèrent de lui faire place. Tchekalinsky le salua cordialement.

Hermann attendit une nouvelle taille, choisit une carte et
mit dessus ses quarante-sept mille roubles avec son gain de la
veille.

Tchekalinsky commença à tenir la banque. Il donna : à
droite, un valet ; à gauche un sept.

Hermann retourna le sept.

Tout le monde poussa des : ah! Tchekalinsky était visiblement troublé. Il compta quatre-vingt-quatorze mille roubles
et les passa à Hermann. Hermann les prit avec sang-froid et
partit aussitôt.

Le soir suivant, Hermann apparut de nouveau devant la
table. Tous l'attendaient : les généraux et les conseillers privés
laissèrent là leur whist pour suivre un jeu si extraordinaire ;
les jeunes officiers sautèrent à bas de leurs divans. Tout le
monde entoura Hermann. Les autres cessèrent de jouer, attendant avec impatience comment la chose allait finir. Hermann,
debout près de la table, se préparait à ponter seul contre
Tchekalinsky, pâle, mais toujours souriant.

Ils décachetèrent chacun un paquet de cartes. Le banquier
mêla, Hermann coupa et prit sa carte, qu'il couvrit d'une
liasse de billets. On eût dit un duel. Un silence profond
régnait alentour.

Tchekalinsky commença à tenir la banque : ses mains
tremblaient. Il donna : à droite, une dame; à gauche, un as.

— L'as a gagné, dit Hermann.

Et il retourna sa carte.

— Votre dame est tuée, dit gracieusement Tchekalinsky.

Hermann trembla : au lieu de l'as, c'était effectivement la
dame de pique qu'il avait. Il n'en croyait pas ses yeux, il ne
comprenait pas comment, en tirant, il avait pu se tromper de
carte.

A ce moment il lui sembla que la dame de pique fermait
un œil et souriait railleusement. Cette analogie extraordinaire
le terrifia...

— La vieille! cria-t-il épouvanté.

Tchekalinsky ramena vers lui les billets perdus. Hermann demeurait immobile. Lorsqu'il se leva de table, la foule s'agita bruyamment.

— Il a bien ponté! disaient les joueurs.

Tchekalinsky mêla de nouveau les cartes : le jeu reprit son train.

ÉPILOGUE

Hermann est devenu fou. Il est à l'hôpital d'Oboukov, sous le numéro 17, ne répond à aucune question et murmure avec une volubilité extraordinaire :

— Le trois, le sept, l'as ! Le trois, le sept, la dame !...

Lisaveta Ivanovna a épousé un jeune homme des plus aimables, qui ne fait rien et possède une assez jolie fortune : c'est le fils d'un ex-intendant de la vieille comtesse. Lisaveta Ivanovna a pris chez elle une parente pauvre.

Quant à Tomsky, il a été promu capitaine dans la cavalerie et a épousé la princesse Pauline.

LE COUP DE PISTOLET

LE

COUP DE PISTOLET

Nous nous sommes battus au pistolet.
(*Baratinsky.*)

J'ai juré de le tuer d'un coup de feu
par le droit du-duel.
(*La Soirée au bivouac.*)

I

Nous étions en garnison dans la petite ville de Kichinev.
On connaît la vie d'un officier de ligne. Le matin, théorie
et manège; dîner chez le commandant du régiment ou dans
une auberge de juif; le soir, le punch et les cartes.

A Kichinev, pas une maison qui nous fût ouverte, pas une

fille à marier. Nous nous réunissions les uns chez les autres, où nous ne voyions rien que nos uniformes.

Un seul civil était des nôtres. Il avait trente-cinq ans environ, ce pour quoi nous l'honorions comme un vieillard. Son expérience lui donnait maints avantages sur nous; de plus, son caractère sombre et dur et sa causticité impressionnaient vivement nos jeunes esprits. Un mystère enveloppait son existence : il paraissait Russe, mais son nom était étranger. Il avait servi jadis dans les hussards et non sans honneur; personne ne savait le motif qui l'avait obligé à donner sa démission et à s'établir dans la petite ville, où il menait une vie pauvre à la fois et prodigue. Il allait toujours à pied, dans un pardessus noir tout usé, mais sa table était ouverte à tous les officiers de notre régiment. Les dîners, il est vrai, se bornaient à deux ou trois plats, apprêtés par un soldat retraité, mais le champagne y coulait comme un fleuve. Nul ne savait le chiffre de sa fortune ni de ses revenus, et nul n'eût osé le lui demander. On trouvait chez lui des livres, surtout des ouvrages militaires et des romans; il les prêtait volontiers et ne les redemandait jamais : aussi ne les revoyait-il guère.

Son principal exercice était le tir : les murs de sa chambre étaient criblés de trous par les balles, comme des rayons d'abeilles. Une riche collection de pistolets constituait l'unique luxe de la pauvre masanka [1] où il vivait. Il était arrivé à une adresse miraculeuse; et s'il eût offert d'abattre d'une balle le

_____

1. Logis en bousillage.

pompon d'un képi, personne, dans notre régiment, n'eût hésité à lui confier sa tête.

Nos conversations roulaient fréquemment sur le duel. Silvio (c'est le nom que je lui donnerai) ne s'y mêlait jamais. Quand on lui demandait s'il lui était jamais arrivé de se battre, il répondait sèchement que cela lui était arrivé, mais sans entrer dans aucun détail : et l'on pouvait remarquer que de pareilles questions lui étaient désagréables. Nous croyions, nous, qu'il avait sur la conscience quelque malheureuse victime de sa terrible adresse. Du reste, il ne nous serait jamais venu à l'esprit de suspecter en lui quelque chose qui ressemblât à de la timidité. Il est des gens que leur seule figure met à l'abri de tels soupçons. Un incident inopiné survint, qui nous frappa tous.

Un jour, une dizaine d'officiers de notre régiment avaient dîné chez Silvio. On avait bu comme d'habitude, c'est-à-dire beaucoup. Après le dîner, nous priâmes notre hôte de tenir une banque. Il s'y refusa longtemps, n'ayant jamais joué. Il fit enfin apporter des cartes, répandit sur la table une demi-centaine de ducats et s'assit pour tenir la banque.

Nous l'entourâmes, et le jeu s'anima bientôt. Silvio gardait, en jouant, le silence le plus absolu, sans discuter jamais, sans faire la moindre observation. Le ponte se trompait-il dans son calcul, Silvio payait aussitôt la différence ou inscrivait le surplus. Nous nous en étions vite aperçus, et nous le laissions libre de remplir à sa guise son rôle d'amphitryon ; mais parmi nous se trouvait un officier récemment transféré à Kichinev. Celui-ci, au cours du jeu, plia par distraction un coin de plus. Silvio prit la craie et, suivant son habitude, inscrivit un chiffre égal au nombre des coins pliés. L'officier, croyant que le banquier s'était trompé, se mit à lui fournir des explications. Sans répondre, Silvio continua de tenir la banque. L'autre, perdant patience, prit la brosse et effaça ce qui lui semblait inscrit en trop. Silvio reprit sa craie et rétablit le chiffre.

Echauffé par le vin, le jeu et les sourires de ses camarades, l'officier vit là une mortelle injure. Saisissant avec rage le chandelier de cuivre sur la table, il le lança à Silvio, qui réussit tout juste à éviter le coup.

Nous étions tous saisis. Silvio se leva et, pâle de fureur, les yeux enflammés, lui dit :

— Monsieur, veuillez sortir, et remerciez le ciel que cela soit arrivé dans ma maison !

Nous n'avions pas le moindre doute sur les suites de l'affaire : tous nous voyions déjà notre nouveau camarade tué. L'officier sortit, en se déclarant prêt à rendre raison à monsieur le banquier. Le jeu se poursuivit encore quelques minutes; mais on sentait que l'amphitryon n'y était plus. Nous nous retirâmes l'un après l'autre, et nous en fûmes chacun chez nous, non sans avoir échangé quelques mots sur les vacances prochaines.

Le lendemain, au manège, nous nous demandions déjà si le pauvre lieutenant était encore en vie, lorsque nous le vîmes apparaître parmi nous. Nous lui adressâmes la même question : il nous répondit qu'il n'avait reçu aucune nouvelle de Silvio.

Cela nous frappa. Nous nous rendîmes chez Silvio. Nous le trouvâmes dans la cour, en train de mettre des balles, coup sur coup, dans un as collé à la porte cochère. Il nous reçut comme d'habitude, sans nous faire la moindre allusion à l'événement de la veille.

Trois jours se passèrent : le lieutenant était encore en vie. Nous nous demandions avec étonnement :

— Est-il possible que Silvio ne se batte point?

Silvio ne se battit point. Il se contenta d'une brève explication et fit la paix.

Cela lui nuisit extrêmement dans l'esprit de la jeunesse. Le manque de courage est la dernière chose que pardonnent les jeunes gens, eux qui voient habituellement dans la bravoure la première qualité d'un homme et l'excuse des plus grands défauts. Pourtant, peu à peu, tout finit par s'oublier, et Silvio reconquit son prestige d'antan.

Moi seul, je ne pouvais me rapprocher de lui. Doué par la nature d'une imagination romanesque, je m'étais auparavant attaché, plus que tout autre, à un homme dont la vie était une énigme, et qui m'apparaissait comme le héros de quelque drame mystérieux. De son côté, il m'aimait : du moins, avec moi seul, il se départait de sa causticité, m'entretenant de différents objets avec une bonhomie et un charme peu ordinaires.

Mais depuis cette malheureuse soirée, l'idée que son honneur avait été souillé et n'avait point été lavé de la souillure, cette idée m'obsédait et m'empêchait de le traiter comme auparavant : j'avais honte de le regarder. Il avait trop d'esprit

8

et d'expérience pour ne point s'apercevoir de ce revirement, et pour ne point en deviner la cause. Il en paraissait chagriné; du moins, je remarquai à deux reprises qu'il désirait s'expliquer avec moi; mais je me dérobais toujours, et Silvio s'éloignait. Depuis, nous ne nous voyions plus qu'en présence des camarades, et nos libres entretiens d'autrefois avaient cessé.

Les habitants distraits de la capitale n'ont pas l'idée de mainte et mainte sensation familière aux habitants des villages ou des petites villes, comme, par exemple, l'attente du courrier. Le mardi et le vendredi, la chancellerie de notre régiment se remplissait d'officiers : l'un attendait de l'argent, l'autre une lettre, un troisième des journaux. D'habitude, on décachetait sur place, on se communiquait les nouvelles; et la chancellerie présentait alors un tableau des plus animés. Silvio se faisait adresser ses lettres à notre régiment, et il venait là régulièrement. Un jour, on lui remit un pli dont il brisa le cachet avec un air d'indifférence marquée. Tandis qu'il parcourait la lettre, ses yeux brillaient. Les officiers, occupés chacun à son courrier, ne faisaient attention à rien.

— Messieurs, leur dit Silvio, les circonstances m'appellent au loin sur-le-champ : je pars cette nuit. J'espère que vous ne refuserez point de dîner chez moi pour la dernière fois... Je vous attends aussi, poursuivit-il en se tournant vers moi; je vous attends sans faute.

A ces mots, il sortit vivement; et nous, après nous être donné rendez-vous chez Silvio, nous partîmes chacun de notre côté.

J'arrivai chez lui à l'heure dite, et j'y trouvai presque tout

le régiment. Ses malles étaient déjà faites : il ne restait que
les murs nus, troués de balles. Nous nous mîmes à table.
L'amphitryon rayonnait, et sa gaîté eut bientôt gagné tout le
monde. A chaque instant les bouchons claquaient, les verres
moussaient et pétillaient; avec chaleur nous souhaitions au
partant et bon voyage et bonne chance en tout.

Il était déjà tard quand nous nous levâmes de table. Après
avoir dit adieu à chacun, Silvio, prenant son bonnet, me saisit la main et m'arrêta au moment même où je me disposais
à sortir.

— Il faut que je vous parle, me dit-il doucement.

Je restai.

Les invités partirent, je demeurai seul avec lui. Nous nous
assîmes l'un près de l'autre et silencieusement nous allumâmes
nos pipes. Il était soucieux : nulle trace de sa gaîté convulsive.
Sa pâleur sombre, ses yeux brillants et l'épaisse fumée qu'il
vomissait par la bouche lui donnaient la figure d'un vrai
diable.

Quelques minutes s'écoulèrent ainsi. Silvio rompit le
silence :

— Il est bien possible que nous ne nous revoyions jamais,
me dit-il; avant de nous séparer, j'ai voulu m'expliquer avec
vous. Vous avez pu remarquer combien peu j'estime l'opinion
d'autrui; mais vous, je vous aime, et je sens qu'il me serait
pénible de laisser dans votre esprit des préventions injustes.

Il s'arrêta et se mit à rebourrer sa pipe. Je me taisais, les
yeux baissés.

— Vous avez trouvé singulier, reprit-il, que je n'aie point

demandé raison à cet extravagant ivrogne de R... Vous m'ac-
corderez qu'ayant le choix de l'arme je tenais sa vie entre
mes mains, et que la mienne ne courait pas grand risque. Je
pourrais faire honneur de ma modération à ma seule magna-
nimité, mais je ne veux pas mentir. Si je pouvais punir R...
sans exposer ma vie, si peu que ce soit, jamais je ne lui par-
donnerais.

Je regardai Silvio avec étonnement; un pareil aveu me bou-
leversait. Il poursuivit :

— C'est vrai, je n'ai pas le droit de m'exposer à la mort.
Il y a six ans, j'ai reçu un soufflet et mon ennemi est encore
vivant.

Ma curiosité était vivement excitée :

— Vous ne vous êtes pas battus? demandai-je. Les circonstances vous ont sans doute séparés ?

— Je me suis battu avec lui, répondit Silvio, et voici un
souvenir de notre duel.

Il se leva et retira de sa boîte en carton un bonnet rouge
avec houpe en or et parement, ce que les Français appellent
« bonnet de police[1] ». Il s'en coiffa : le bonnet était percé
d'une balle à un *verchok*[2] du front.

— Vous savez, reprit Silvio, que j'ai servi dans le régiment
des hussards de... Mon caractère vous est connu : je suis
habitué à dominer; dominer fut ma passion dès mes jeunes
ans. De notre temps, la violence était à la mode : j'étais le
plus mauvais sujet de l'armée. Nous mettions notre honneur

1. En français dans le texte.
2. Quatre centimètres et demi.

à nous enivrer : j'ai bu plus que le fameux Bourtzev, chanté par Denis Davidov. Dans notre régiment ce n'étaient que duels, où j'étais toujours acteur ou témoin. Mes camarades m'adoraient, et mes chefs, qui se succédaient à tout moment, me regardaient comme un mal nécessaire.

« Je jouissais tranquillement de ma gloire, lorsque entra dans notre régiment un jeune homme de famille riche et noble (je ne veux pas le nommer). Depuis que je suis né, je n'ai jamais rencontré un bonheur aussi éclatant. Imaginez-vous la jeunesse, l'esprit, la beauté, la gaieté la plus effrénée, la bravoure la plus insolente, un grand nom, de l'argent à n'en savoir le compte, à n'en voir jamais la fin, et vous aurez une idée de l'ascendant qu'il devait prendre sur nous. Ma suprématie s'en trouva ébranlée. Ébloui par ma splendeur, il voulut rechercher mon amitié, mais je l'accueillis froidement et il se retira furieux contre moi. Je le pris en haine. Ses succès au régiment et auprès des dames me plongèrent dans un absolu désespoir. Je me mis à lui chercher querelle : mais à mes épigrammes il ripostait par des épigrammes qui me semblaient toujours plus imprévues et plus acérées que les miennes, plus gaies aussi, certainement : où je me fâchais, lui plaisantait. Un soir enfin, au bal d'un pomestchik [1] polonais, outré de le voir l'objet de l'attention de toutes les dames, et surtout de la maîtresse de maison avec laquelle je me trouvais, je lui dis à l'oreille une grossière impolitesse. Il s'emporta et me donna un soufflet. Nous nous jetâmes sur nos

[1] Propriétaire terrien.

sabres ; les dames tombèrent en syncope ; on nous sépara, et
la même nuit nous partîmes pour nous battre.

« L'aube blanchissait à peine. J'étais au rendez-vous avec
mes trois témoins, attendant mon adversaire dans un état
d'impatience inexplicable. Le soleil du printemps se leva, la
chaleur se faisait déjà sentir. Je le vis venir de loin. Il
marchait à pied, suivi d'un seul témoin.

« Nous allâmes à sa rencontre. Il s'approcha tenant son
bonnet plein de merises. Les témoins nous mesurèrent douze
pieds. Je devais tirer le premier ; mais la rage me faisait tellement trembler, que je doutai de la sûreté de ma main :
pour me donner le temps de me remettre, je lui cédai mon
tour. Mon adversaire refusa. On décida de s'en rapporter au
sort. Le sort se prononça pour lui, l'éternel favori du bonheur. Il visa et troua mon bonnet de sa balle.

« C'était mon tour. Sa vie était enfin entre mes mains. Je
le regardai avidement, cherchant à découvrir dans sa physionomie, ne fût-ce que l'ombre d'une inquiétude. Il était là,
sous le canon de mon pistolet, choisissant dans son bonnet
des merises mûres, recrachant les noyaux qui volaient jusqu'à
moi.

— « A quoi bon, pensai-je, le priver de la vie alors qu'il
n'y attache aucun prix ? »

« Une idée mauvaise traversa mon esprit. Je baissai mon
pistolet.

— « Ce n'est pas le moment de vous tuer, lui-dis-je. Vous
voulez déjeuner ; je ne veux pas vous en empêcher.

— « Vous ne m'empêchez pas du tout, répliqua-t-il. Vous

pouvez tirer. Mais d'ailleurs, comme il vous plaira : vous avez
toujours votre coup à tirer; et je me tiens à votre disposi-
tion. »

« Je me tournai alors vers les témoins, en déclarant que
je n'avais pas l'intention de tirer ce jour-là, et le duel se ter-
mina de la sorte.

« Je donnai ma démission et me retirai ici, dans cette
petite ville. Depuis lors, pas un jour ne s'est écoulé que je
n'aie pensé exclusivement à la vengeance. Aujourd'hui, mon
heure est venue... »

Silvio tira de sa poche la lettre reçue le matin et il me la
donna à lire. Quelqu'un (son chargé d'affaires sans doute) lui
écrivait de Moscou que la *personne en question* allait bientôt
contracter un légitime mariage avec une jeune et jolie fille.

— Vous devinez, dit Silvio, quelle est la *personne en question*. Je pars pour Moscou. Nous verrons si, au moment de se
marier, il accueillera la mort avec la même indifférence que
jadis avec ses merises.

À ces mots, Silvio se leva, jeta le bonnet sur le plancher,
et se mit à aller et venir dans sa chambre comme un tigre
dans sa cage. J'attendais, immobile : des sentiments étranges
et contradictoires me bouleversaient.

Le domestique vint annoncer que les chevaux étaient prêts.
Silvio serra ma main avec force : nous nous embrassâmes. Il
s'assit dans la voiture où se trouvaient déjà deux malles
pleines, l'une de pistolets, l'autre d'effets. Nous nous dîmes
un dernier adieu et les chevaux partirent au galop.

Quelques années se passèrent. Des affaires de famille m'avaient forcé de m'établir dans un pauvre hameau du district de N***. Tout en vaquant à mes occupations antérieures, je ne cessais de regretter ma vie précédente, si bruyante et si facile. Les longues soirées de l'hiver et du printemps me pesaient particulièrement. Je gagnais sans trop de peine l'heure du dîner, à causer avec le staroste, à m'acquitter de ma besogne, ou à me promener; mais à peine commençait-il à faire nuit, je ne savais absolument plus que devenir. Les rares livres trouvés par moi dans les armoires et au grenier, je les avais déjà appris par cœur. Tous les contes que la ménagère Kirilovna avait pu retenir, elle me les avait ressassés. Les chansons des babas [1] m'ennuyaient. Je me mis à boire de l'alcool brut, mais il me donnait mal à la tête; et puis, je l'avouerai, je craignais de devenir un ivrogne par chagrin, c'est-à-dire un ivrogne de la pire espèce, comme j'en voyais tant dans notre district.

Je n'avais pas de proches voisins, hors deux ou trois origi-

1. Femmes. Terme populaire.

Il voulut me viser... devant elle!... Macha se jeta à ses pieds... (p. 73.)

naux dont la conversation consistait la plupart du temps en
soupirs et en hoquets. Mieux valait vivre seul. Je finis par me
décider à me coucher le plus tôt possible, après avoir dîné
le plus tard possible, raccourcissant ainsi les soirées, ajoutant
à la longueur des jours.

A quatre verstes de mon logis se trouvait un riche domaine
appartenant à la comtesse B***. Son intendant l'habitait seul;
quant à elle, elle n'était venue qu'une fois, la première année
de son mariage, et pour un mois au plus. Cependant, au
second printemps de ma vie érémitique, le bruit se répandit
que la comtesse viendrait passer l'été dans son domaine avec
son mari. Ils arrivèrent, en effet, au commencement du mois
de juin.

L'arrivée d'un voisin riche est un événement considérable
dans la vie des champs. Les pomestchiks et leurs domestiques
en parlent deux mois avant et trois ans après. Pour moi, je le
confesse, l'annonce d'une jeune et jolie voisine me remua
profondément; je brûlais de la voir; et c'est pourquoi, dès le
premier dimanche après son arrivée, je partis après le dîner
pour le hameau de ***, afin de me présenter à Leurs Excel-
lences comme leur voisin le plus proche et leur plus humble
serviteur.

Un laquais m'introduisit dans le cabinet du comte et alla
m'annoncer. Le grand cabinet était luxueusement meublé : le
long des murs, des armoires se dressaient, pleines de livres,
couronnées chacune d'un buste de bronze; la cheminée en
marbre était surmontée d'une glace; un tapis couvrait le par-
quet. Déshabitué depuis longtemps, en mon pauvre coin, de

tout luxe chez moi et chez les autres, je perdis courage et
attendis le comte en tremblant, comme un solliciteur de la
province attend l'apparition du ministre.

· La porte s'ouvrit, je vis entrer un homme de bonne mine
âgé d'environ trente-deux ans. Le comte s'avança vers moi
d'un air franc et affable. Je voulus reprendre assurance, et je
commençai à me présenter : mais il me prévint. Nous nous
assîmes. La conversation, aisée et amicale, eut bientôt dissipé
ma timidité sauvage ; déjà je revenais à mon état normal,
lorsque l'entrée soudaine de la comtesse me plongea dans un
trouble encore plus grand qu'auparavant. C'était vraiment une
beauté. Le comte me présenta : je voulus affecter de l'aisance,
mais plus j'essayais de me donner un air dégagé, plus je me
trouvais gauche. Eux, pour me laisser le temps de me remettre
et de me faire à de nouveaux visages, se mirent à parler
entre eux, et à me traiter en bon voisin, sans nulle cérémonie.

Je me promenais dans la pièce, regardant tour à tour les
livres et les tableaux ; je ne me connais guère en tableaux,
un seul attira mon attention. Il représentait une vue quelconque de la Suisse. Ce n'était point la peinture qui me frap-
pait, mais la toile percée de deux balles coup sur coup.

— Voilà un beau coup de feu ! dis-je au comte.

— Oui, répondit-il, un coup de feu très remarquable... Et
vous, reprit-il, tirez-vous bien ?

— Passablement, répliquai-je, tout joyeux de voir la conversation glisser sur un sujet qui m'était si familier. A trente
pas, je ne manquerais certainement pas mon but dans une
carte en tirant avec un pistolet bien en main.

— Vraiment! dit la comtesse avec un air d'attention marquée; et toi, mon ami, atteindrais-tu bien le but à trente pas?

— Je n'y réussirais jamais, répondit le comte. Dans le
temps, je ne tirais pas trop mal ; mais voilà déjà quatre ans
que je n'ai touché un pistolet.

— Oh ! remarquai-je, dans ce cas, je fais le pari que Votre
Excellence manquerait le but, même à vingt pas : le pistolet
exige un exercice de tous les jours. Je le sais par expérience.
J'étais le premier tireur de notre régiment. Il m'arriva une
fois par hasard de passer un mois entier sans prendre un
pistolet, les miens se trouvant en réparation ; que croyez-
vous, Votre Excellence? Le premier jour que je recommençai
de tirer, je manquai quatre fois de suite une bouteille à vingt
pas. Nous avions chez nous un capitaine de cavalerie bel
esprit ; il était là, il me dit :

« — Il est visible que ton bras ne se lève pas sur la
bouteille. »

… Non, Votre Excellence, il ne faut pas ménager cet exercice, sous peine de se rouiller la main. Le meilleur tireur que
j'aie jamais rencontré tirait chaque jour au moins trois fois
avant le dîner. Cela était réglé chez lui comme un verre de
vodka (eau-de-vie).

Le comte et la comtesse étaient heureux de voir que je
m'étais mis à causer.

— Comment tirait-il? demanda le comte.

— Voilà comment, Votre Excellence. Apercevait-il une
mouche sur le mur ?... Vous riez, madame la comtesse?
Devant Dieu, rien de plus vrai... Apercevait-il une mouche,

il criait : « Kouzeka, le pistolet ! » Kouzeka lui apportait le
pistolet. Il tirait, et sa balle enfonçait la mouche dans le
mur.

— C'est miraculeux ! dit le comte. Et comment s'appe-
lait-il ?

— Silvio, Votre Excellence.

— Silvio ! s'écria le comte en se levant brusquement. Vous
avez connu Silvio ?

— Comment donc, nous étions amis. Nous l'accueillions
dans notre régiment comme un camarade, un frère. Mais
voilà déjà cinq ans que je n'ai eu aucune nouvelle de lui.
Alors Votre Excellence l'a aussi connu ?

— Oui, je l'ai connu, trop même. Ne vous a-t-il jamais
conté certain événement singulier ?

— Peut-être le soufflet qu'il reçut au bal, d'un polisson,
Votre Excellence.

— Vous l'avait-il nommé, ce polisson ?

— Non, Votre Excellence, il ne me l'avait pas nommé...
Ah ! poursuivis-je, je soupçonne la vérité. Pardonnez-moi, je
ne savais pas... Est-ce vous ?

— Moi-même, répondit le comte d'un air troublé ; et le
tableau percé de balles est un témoignage de notre dernière
rencontre.

— Ah ! mon ami, dit la comtesse, pour Dieu, ne raconte
pas cette histoire, elle serait pour moi trop terrible à entendre.

— Non, répliqua le comte, je dirai tout. Il sait comment
j'offensai son ami ; il doit savoir comment Sylvio s'est vengé.

Il m'avança un fauteuil, et j'écoutai, vivement intéressé, le récit suivant :

— « Il y a cinq ans que je me suis marié. Le premier mois, — the honey-moon[1], — je le passai ici, à la campagne. A cette maison se rattachent les meilleures minutes et le souvenir le plus grave de ma vie. Un soir, nous faisions ensemble une promenade à cheval. La monture de ma femme se cabra : ma femme prit peur, me donna la bride et revint à pied à la maison. Je partis en avant. Dans la cour, je vis une carriole de voyage ; on me dit que chez moi, dans mon cabinet, quelqu'un m'attendait : il n'avait pas voulu donner son nom, déclarant simplement qu'il avait à me parler. J'entrai dans cette chambre-ci, et j'aperçus dans l'obscurité un homme couvert de poussière et portant toute la barbe : il se tenait debout près de la cheminée.

— « Tu ne me reconnais pas, comte ? dit-il d'une voix frémissante.

— « Sylvio ! m'écriai-je, sentant, je vous l'avoue, mes cheveux se hérisser.

— « C'est moi, reprit-il : à mon tour ; je viens pour décharger mon pistolet : es-tu prêt ?

« Et il sortit le pistolet de sa poche.

« Je mesurai douze pas et me plaçai là, dans ce coin, en le priant de tirer tout de suite, avant que ma femme n'arrivât. Il procédait avec lenteur, il demanda de la lumière, on apporta des bougies. Je fermai la porte, en défendant à qui

---

1. Lune de miel. En anglais dans le texte.

que ce fût d'entrer, et de nouveau je le priai de se dépê-
cher.

« Il prit le pistolet, visa...

« Je comptais les secondes..., je pensais à elle... Une minute affreuse se passa. Sylvio abaissa le bras.

— « Je regrette, dit-il, que le pistolet ne soit pas chargé
avec des noyaux de cerises... la balle est lourde. Il me
semble que ce n'est pas un duel, mais un meurtre ; je n'ai
pas l'habitude de viser un adversaire désarmé. Recommen-
çons : nous tirerons au sort qui doit faire feu le premier.

« La tête me tournait : je crois que je refusai... Enfin, nous
chargeâmes un autre pistolet, nous roulâmes deux billets,
qu'il mit dans le bonnet troué par ma balle. De nouveau, j'ame-
nai le numéro 1.

— « Toi, comte, tu as une chance d'enfer, fit-il avec un
sourire que jamais je n'oublierai.

« Je ne sais pas comment cela m'arriva, comment il réussit à m'y décider... ; mais je fis feu le premier, et j'atteignis
ce tableau-là.

(Le comte me montrait du doigt le tableau percé de balles ;
son visage flamboyait comme un brasier. La comtesse était
plus pâle que son mouchoir. Quant à moi, je ne pus retenir
une exclamation.)

« Je tirai, poursuivit le comte, et grâce à Dieu, je manquai
le but. Alors Sylvio (dans cette minute il était véritablement
affreux), Sylvio se mit à me viser. Tout à coup, la porte
s'ouvre, Macha se précipite et me saute au cou avec un cri.
Sa vue m'ôta tout mon courage.

— « Ma chérie, lui dis-je, ne vois-tu pas que nous plaisantons ? Comme tu as peur !... Va prendre un verre d'eau et reviens nous trouver : je te présenterai mon vieil ami et camarade.

« Macha n'en crut pas un mot.

« — Parlez, est-ce que mon mari dit la vérité ? s'écriat-elle en s'adressant à Sylvio, terrible.

— « Il plaisante toujours, lui répondit Sylvio. Une fois, il m'a donné un soufflet en plaisantant ; il a percé mon bonnet d'une balle en plaisantant ; tout à l'heure, il a manqué son but, toujours en plaisantant. Maintenant j'ai, moi aussi, envie de plaisanter.

« Sur ce mot, il voulut me viser... devant elle ! Macha se jeta à ses pieds...

— « Lève-toi, Macha, c'est une honte ! criai-je hors de moi, et vous, monsieur, cesserez-vous bientôt de vous jouer d'une pauvre femme ? Tirez-vous, ou non ?

— « Non, je ne tirerai pas ! répondit Silvio. Je suis content, j'ai vu ton trouble, ta faiblesse, je t'ai forcé à tirer sur moi : cela me suffit, tu te souviendras de moi. Je te laisse avec ta conscience.

« Il gagna la porte, mais s'arrêtant sur le seuil, il regarda le tableau que ma balle avait percé, tira dessus, presque sans viser, et sortit. Ma femme était tombée en syncope ; mes domestiques le contemplaient avec effroi sans oser l'arrêter. Il sortit sur le perron, appela son cocher et partit. »

Le comte se tut. Je venais d'apprendre la fin de l'histoire dont le commencement m'avait jadis si vivement frappé.

10

Je n'ai plus revu le héros de ce récit. On dit que Silvio commandait un détachement lors de la révolte d'Alexandre Ipsilanti, et qu'il fut tué à la bataille de Skoulana.

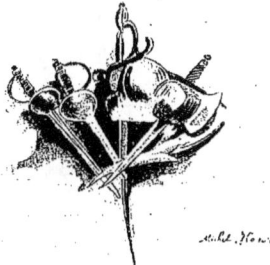

NICOLAS GOGOL

(1808-1852)

LE NEZ

NICOLAS GOGOL

Né en 1809, à Sorotchinzy, près de Poltawa, en plein pays cosaque, au cœur de cette Ukraine qu'il devait célébrer magnifiquement ; élevé par son grand-père, un ancien Zaporogue, grand batailleur qui contait à l'enfant les guerres héroïques et les légendes des anciens Cosaques ; puis mis au gymnase de Niéjine où il apprit le latin et les langues étrangères ; au demeurant, assez mauvais écolier, — Nicolas-Wassiliévitch Gogol suppléa par une vaste lecture aux lacunes de son éducation première. Nourri des poètes romantiques, le désir d'une grande destinée le hanta de bonne heure. « Je me sens, écrivait-il à vingt ans, la force d'une grande, d'une noble tâche, pour le bien de ma patrie, pour le bonheur de mes concitoyens et de tous mes semblables. »

Son jeune enthousiasme vint se casser les ailes contre les dures réalités de la vie à Saint-Pétersbourg. Sans fortune, sans relations, partout éconduit, Gogol dut se contenter d'un modique emploi d'expéditionnaire dans un ministère. L'esprit d'observation et de satire qui, avec le goût des légendes épiques ou fantastiques, formait le fond de son caractère, put se donner carrière dans les bureaux du gouvernement. Las de cette misérable existence, il quitta le ministère et tâta de plusieurs métiers : tour à tour il fut candidat comédien, puis précepteur, puis professeur d'histoire à l'université et journaliste. Il eut le bonheur de lier connaissance avec Pouchkine, alors dans tout l'éclat de sa gloire. Pouchkine l'accueillit, l'aima, le devina, et lui donna le conseil de s'inspirer, dans ses écrits, de l'histoire nationale et des mœurs populaires.

En 1832, il publia les *Veillées du hameau*, où il racontait sa libre enfance lâchée aux steppes de l'Ukraine. Là, dit M. Melchior de Voguë,

« la Petite-Russie se déroule sous tous ses aspects, paysages et foule, tableaux de mœurs rustiques, légendes grotesques ou terribles ».

Deux ans après, nouveau recueil de récits, parmi lesquels brille *Tarass Boulba*, qui rendit brusquement célèbre le nom de son auteur. Les héroïques rhapsodies contées d'âge en âge par les joueurs de *bandoura* à la barbe fleurie, Gogol les recueillit, les vivifia d'un souffle puissant, les condensa dans ce livre, véritable iliade cosaque, dont les personnages ont le geste simple, le verbe grandiloquent, la rudesse et l'envergure des héros d'Homère.

En 1835, il abandonna l'Université et renonça définitivement au service public pour redevenir, ainsi qu'il le disait, « un libre cosaque ». Il voyagea de capitale en capitale, se fixa pour quelques années à Rome, visita Jérusalem, et revint à Moscou, où il mourut en 1852, d'une affection nerveuse compliquée d'hypocondrie dont il souffrait depuis de longues années.

Les ouvrages qui suivirent *Tarass-Boulba*, le *Manteau*, lamentable calvaire d'un pauvre diable ; le *Réviseur*, incisive satire des mœurs administratives ; les *Ames mortes*, œuvre composite et complexe où Gogol tenta de résumer « l'encyclopédie de la Russie contemporaine, la somme de sa pensée sur toutes les questions de son temps », marquent, comme autant de jalons, la marche de son esprit évoluant d'un lyrisme tour à tour épique et bouffon à un réalisme souvent amer.

« Ceux qui ont disséqué mes facultés d'écrivain, a-t-il écrit lui-même, dans ses *Lettres sur les Ames mortes*, n'ont pas su discerner le trait essentiel de ma nature. Ce trait n'a été aperçu que du seul Pouchkine. Il disait toujours qu'aucun auteur n'a été doué comme moi pour mettre en relief la trivialité de la vie, pour décrire toute la platitude d'un homme médiocre, pour faire apercevoir à tous les yeux les infiniment petits qui échappent à la vue. Voilà ma faculté maîtresse. — Le lecteur est révolté de la bassesse de tous mes héros... L'homme russe s'est effrayé de voir son néant... »

Il y a plus et mieux que cela dans les *Ames mortes*. L'éminent critique déjà cité en a déterminé la vraie portée. « Ce que j'eusse voulu montrer dans ce livre, a écrit M. de Voguë, c'est le réservoir de la littérature contemporaine, l'eau-mère où sont déjà cristallisées toutes les inventions de l'avenir. Forme et fond, Gogol a tout digéré pour ses successeurs... Les grands courants qui vont féconder l'esprit russe sortent du livre initiateur. Je ne m'attacherai qu'au principal, à celui qui donne à la littérature slave sa physionomie particulière et sa haute valeur morale. Nous trouvons dans maint passage des *Ames mortes*, palpitant sous le sarcasme du railleur, ce sentiment de fraternité évangélique, d'amour pour les petits et de pitié pour les souffrants, qui animera toute l'œuvre d'un Dostoïevsky... »

LE NEZ

I.

Le 25 mars, il se passa à Saint-Pétersbourg un événement
extraordinairement bizarre. Le barbier Ivan Iakovlievitch
(son nom de famille s'est enseveli dans la nuit des temps, de
sorte que, même sur l'enseigne qui représente un homme avec
une joue couverte de mousse de savon, avec, dessous, cette
inscription : « On tire aussi le sang », — ce nom ne se trouve
pas) — Ivan Iakovlievitch donc s'éveilla d'assez bonne heure
et fut aussitôt frappé par une odeur de pain chaud. Se levant
un peu sur son séant, il s'aperçut que son épouse, matrone
très respectable, qui avait un goût prononcé pour le café, sortait du four des pains fraîchement cuits.

11

— Praskovia Ossipovna, lui dit Ivan Iakovlievitch, je ne prendrai pas de café aujourd'hui, parce que j'aime mieux déjeuner avec du pain chaud et de l'oignon (c'est-à-dire qu'Ivan Iakovlievitch aurait préféré l'un et l'autre, mais il savait qu'il lui était absolument impossible de demander deux choses à la fois, Praskovia Ossipovna ne tolérant jamais semblables fantaisies).

« Qu'il mange du pain, l'imbécile, se dit en elle-même la digne matrone, ce n'en est que mieux pour moi, j'aurai un peu plus de café. »

Et elle jeta un pain sur la table.

Ivan Iakovlievitch, par respect pour les convenances, endossa un vêtement par-dessus sa chemise et, ayant pris place à table, posa devant lui deux oignons et du sel; puis, s'emparant d'un couteau, il se mit en devoir de couper le pain. L'ayant divisé en deux, il jeta un regard dans l'intérieur et aperçut avec surprise quelque chose de blanc. Il y plongea avec précaution le couteau, y enfonça un doigt :

« C'est solide! fit-il à part soi, qu'est-ce que cela pourrait bien être? »

Il enfonça encore une fois les doigts et en retira... un nez!..

Les bras lui en tombèrent, il se mit à se frotter les yeux, à le tâter : c'était en effet un nez et au surplus, lui semblait-il, un nez connu. La terreur se peignit sur la figure d'Ivan Iakovlievitch. Mais cette terreur n'était rien en comparaison de l'indignation qui s'empara de son épouse.

— A qui, bête féroce, as-tu coupé le nez comme cela? s'écria-t-elle avec colère : coquin, ivrogne, je te dénoncerai

moi-même à la police. Brigand que tu es ! J'ai déjà ouï dire à
trois personnes que tu avais l'habitude, en faisant la barbe,
de tirer si fort les nez, qu'ils avaient peine à rester en place.

Mais Ivan Iakovlievitch était plus mort que vif. Il avait enfin
reconnu, dans ce nez, le propre nez de l'assesseur de collège
Kovaliov, à qui il faisait la barbe tous les mercredis et
dimanches.

— Attends un peu, Praskovia Ossipovna ! Je vais l'envelop-
-per dans un chiffon et le poser dans le coin ; qu'il demeure
là quelque peu, je l'emporterai plus tard.

— Je ne t'écoute même pas ! Que je consente à garder dans
ma chambre un nez coupé?... Biscuit roussi que tu es ! Tu ne
sais que manier ton rasoir, et bientôt tu ne seras même plus
en état d'accomplir tes devoirs, coureur, vaurien. Que je sois
responsable pour toi devant la police !... Imbécile, soliveau,
va !... hors d'ici avec lui, hors d'ici ! Porte-le où tu voudras !
que je n'en entende plus parler !

Ivan Iakovlievitch se tenait dans une attitude d'accablement
profond. Il réfléchissait, réfléchissait, et ne savait que croire.

— Du diable si je comprends comment cela est arrivé ?
fit-il enfin, en se grattant derrière l'oreille ; suis-je rentré ivre
hier ou non, je ne saurais le dire avec certitude. Pourtant,
selon tous les indices, ce doit être impossible... puisque le
pain est une chose cuite, et qu'un nez est tout autre chose.
Je n'y comprends absolument rien.

Ivan Iakovlievitch se tut. L'idée que les agents de police
finiraient par trouver le nez chez lui et l'accuseraient de
l'avoir coupé, cette idée le terrifiait. Il lui semblait déjà voir

devant lui un col de drap pourpre brodé d'argent, une épée...
et il tremblait de tous ses membres. Finalement il passa sa
culotte, se chaussa et, enveloppant le nez dans un mouchoir,
sortit dans la rue, accompagné par les exhortations peu
aimables de Praskovia Ossipovna.

Il avait l'intention de le glisser quelque part sous une borne,
une porte cochère, ou bien de le laisser tomber comme par
hasard et de disparaître ensuite dans la ruelle la plus proche.
Mais, pour son malheur, il ne faisait que rencontrer des gens
qui le connaissaient et qui l'abordaient en lui disant : « Où
vas-tu? » ou bien : « A qui veux-tu donc faire la barbe de si
bonne heure? » — de sorte qu'Ivan Iakovlievitch ne pouvait
trouver un moment propice pour réaliser son dessein. Une
fois, il réussit pourtant à le faire tomber, mais le garde de
police le lui indiqua de loin avec sa hallebarde, en lui criant :

— Ramasse, tu viens de perdre quelque chose.

Et Ivan Iakovlievitch fut obligé de ramasser le nez et de
le cacher dans sa poche. Le désespoir s'empara de lui, d'autant que les rues commençaient à se peupler de plus en plus,
à mesure que s'ouvraient les magasins et les boutiques.

Il résolut de se diriger vers le pont d'Issaky; là, il réussirait peut-être à le jeter dans la Néva?

... Mais j'eus tort de ne vous avoir rien dit jusqu'à présent
d'Ivan Iakovlievitch, qui pourtant était un homme d'assez
grande importance dans le monde.

Comme tout brave ouvrier russe, Ivan Iakovlievitch était un
incorrigible ivrogne. Et quoiqu'il rasât tous les jours les men-

tons des autres, le sien ne l'était jamais. Son habit (Ivan
Iakovlievitch ne portait jamais de redingote) était de couleur
pie, c'est-à-dire qu'il était noir, mais tout couvert de taches
grises et brunes; son col était graisseux et à la place des boutons on voyait seulement pendre des fils. Ivan Iakovlievitch
était un grand cynique, et lorsque l'assesseur de collège Kovaliov lui disait, pendant qu'il lui faisait la barbe : « Tes mains,
Ivan Iakovlievitch, sentent toujours mauvais, » il se contentait de répondre par la question :

— Pourquoi donc sentiraient-elles mauvais ?

— Je n'en sais rien, mon ami, disait alors l'assesseur de
collège, le fait est qu'elles sentent mauvais.

Et Ivan Iakovlievitch, après avoir humé une prise, se mettait
à le savonner, en manière de représailles, et sur les joues, et
au-dessous du nez, et derrière l'oreille, et sous le menton,
partout enfin où l'envie lui en prenait.

Ce citoyen respectable arriva donc sur le pont d'Issaky. Il
jeta un regard autour de lui, puis se pencha sur le parapet
comme pour voir la quantité de poisson qui passait sous le
pont, et fit tomber tout doucement le chiffon qui renfermait
le nez. Il se sentit immédiatement soulagé, comme si on lui
avait enlevé un grand fardeau ; un sourire apparut même sur
ses lèvres. Et au lieu de s'en aller raser les mentons des fonctionnaires, il se dirigeait vers l'établissement qui portait pour
enseigne : *Repas et thé*, — dans l'intention de se commander
un verre de punch, — quand tout à coup il aperçut à l'extrémité du pont un commissaire de police du quartier, à la

physionomie imposante, ornée de larges favoris, un fonctionnaire portant tricorne et épée. Il se sentit glacé de terreur,
tandis que le commissaire, lui faisant signe du doigt, lui
criait :

— Viens donc par ici, mon cher !

Ivan Iakovlievitch, qui connaissait les usages, ôta de loin sa
casquette et accourant avec empressement dit :

— Bonne santé à Votre Noblesse !

— Non, non, mon ami, pas de Noblesse; raconte-moi plutôt ce que tu faisais là, sur le pont?

— Par ma foi, monsieur, en revenant de faire la barbe, je
me suis seulement arrêté pour voir si le courant était rapide.

— Tu mens, tu mens ! Tu n'en seras pas quitte à si bon
marché. Dis plutôt la vérité.

— Je suis prêt à faire la barbe à Votre Grâce, deux, trois
fois par semaine, sans résistance aucune, répondit Ivan
Iakovlievitch.

— Mais, mon ami, ce n'est rien, tout cela. J'ai trois bar-
biers qui me font la barbe, et s'en trouvent encore très hono-
rés. Raconte-moi donc plutôt ce que tu faisais là-bas.

Ivan Iakovlievitch pâlit...

Mais ici les événements s'obscurcissent d'un brouillard, et
tout ce qui se passa après demeure absolument inconnu.

L'assesseur de collège Kovaliov s'éveilla d'assez bonne heure et fit avec ses lèvres : « Brrr... » ce qu'il faisait toujours en s'éveillant, quoiqu'il n'eût jamais pu expliquer pourquoi. Il s'étira et demanda une petite glace qui se trouvait sur la table. Il voulait jeter un coup d'œil sur le bouton qui lui était venu sur le nez la veille au soir ; mais, à sa grande surprise, il aperçut à la place du nez, un endroit parfaitement plat.

Effrayé, Kovaliov se fit apporter de l'eau et se frotta les yeux avec une serviette. En effet, le nez n'y était pas. Il se mit à se tâter pour s'assurer qu'il ne dormait pas ; non, il ne dormait pas. Il sauta en bas du lit, se secoua, — pas de nez ! Il demanda immédiatement ses habits, et courut droit chez le grand maître de la police.

Il faut pourtant que je dise quelques mots de Kovaliov, afin que le lecteur puisse voir ce que c'était que cet assesseur de collège. Les assesseurs qui reçoivent ce grade grâce à leurs certificats de sciences, ne doivent pas être confondus avec ceux que l'on fabriquait au Caucase. Ce sont deux espèces absolument différentes. Les assesseurs de collège savants...

Mais la Russie est une terre si bizarre, qu'il suffit de dire
un mot sur un assesseur quelconque, pour que tous les assesseurs, depuis Riga jusqu'au Kamtchatka, y voient une allusion à eux-mêmes. Ceci s'applique du reste à tous les grades,
à tous les rangs.

Kovaliov était un assesseur de collège du Caucase. Il n'était
en possession de ce titre que depuis deux ans, c'est pourquoi
il ne l'oubliait pas, fût-ce pour un instant, et afin de se donner
encore plus d'importance, il ne se faisait jamais appeler assesseur de collège, mais toujours « major ».

— Ecoute, ma colombe, disait-il ordinairement quand il
rencontrait dans la rue une bonne femme qui vendait des
faux-cols, viens chez moi, j'habite rue Sadovaïa ; tu n'as qu'à
demander l'appartement du major Kovaliov, chacun te l'in-
diquera.

Pour cette raison, nous appellerons dorénavant major cet
assesseur de collège.

Le major Kovaliov avait l'habitude de se promener chaque
jour sur la Perspective de Nievsky. Son faux-col était toujours
d'une blancheur éblouissante et très empesé. Ses favoris
appartenaient à l'espèce qu'on peut rencontrer encore aujour-
d'hui chez les arpenteurs des gouvernements et des districts,
chez les architectes et les médecins de régiment, chez bien
d'autres personnes occupant des fonctions diverses et, en
général, chez tous les hommes qui possèdent des joues rebon-
dies et rubicondes et jouent en perfection au boston : ces
favoris suivent le beau milieu de la joue et viennent rejoindre
en ligne droite le nez.

Le major Kovaliov portait une grande quantité de petits cachets sur lesquels étaient gravés des armoiries, les jours de la semaine, etc. Il était venu de Saint-Pétersbourg pour affaires, et notamment pour chercher un emploi qui convînt à son rang : celui de gouverneur, s'il se pouvait, sinon, celui d'huissier dans quelque administration en vue. Le major Kovaliov n'aurait pas refusé non plus de se marier, mais dans le cas seulement où la fiancée lui apporterait 200,000 roubles de dot. Que le lecteur juge donc par lui-même quelle devait être la situation de ce major, lorsqu'il aperçut, à la place d'un nez assez bien conformé, une étendue d'une platitude désespérante.

Pour comble de malheur, pas un seul fiacre ne se montrait dans la rue et il se trouva obligé d'aller à pied, en s'emmitouflant dans son manteau et, le mouchoir sur sa figure, faisant semblant de saigner du nez.

« Mais, peut-être tout cela n'est-il que le fait de mon imagination ; il n'est pas possible qu'un nez disparaisse ainsi sottement, » pensa-t-il.

Et il entra exprès dans une pâtisserie, rien que pour se regarder dans une glace. Heureusement pour lui, il n'y avait pas de clients dans la boutique ; seuls, des marmitons balayaient les pièces ; d'autres, les yeux ensommeillés, apportaient sur des plats des gâteaux tout chauds ; sur les tables et les chaises traînaient les journaux de la veille.

— Dieu merci, il n'y a personne, se dit-il, je puis me regarder maintenant.

Il s'approcha timidement de la glace et y jeta un coup d'œil.

12

— Peste, que c'est vilain, fit-il en crachant de dégoût, s'il
y avait du moins quelque chose pour remplacer le nez!...
mais comme cela... rien!!!

Dépité, se mordant les lèvres, il sortit de la pâtisserie,
résolu, contre toutes ses habitudes, à ne regarder personne, à
ne sourire à personne. Tout à coup, il s'arrêta comme pétrifié
devant la porte d'une maison ; quelque chose d'inexplicable
venait de se passer sous ses yeux. Une voiture avait fait halte
devant le perron : la portière s'ouvrit, un monsieur en uniforme sauta en bas de la voiture et monta rapidement l'escalier. Quelle ne fut donc pas la terreur, et en même temps la
stupéfaction de Kovaliov, lorsqu'il reconnut chez ce monsieur
son propre nez !

A ce spectacle inattendu, tout sembla tournoyer devant ses
yeux ; il eut peine à se maintenir debout, mais, quoiqu'il
tremblât comme dans un accès de fièvre, il résolut d'attendre
le retour du nez. Deux minutes plus tard celui-ci sortait en
effet de la maison. Il portait un uniforme brodé d'or avec un
grand col droit, un pantalon en peau et une épée au côté. Son
chapeau à plumet pouvait faire croire qu'il possédait le grade
de conseiller d'État. Selon toute évidence, il était en tournée
de visites. Il regarda autour de lui, jeta au cocher l'ordre
d'avancer, monta en voiture et partit.

Le pauvre Kovaliov faillit devenir fou. Il ne savait que
penser d'un événement aussi bizarre. Comment avait-il pu se
faire, en effet, qu'un nez qui, la veille encore, se trouvait sur
son propre visage, et qui était certainement incapable d'aller
à pied ou en voiture, portât maintenant uniforme ? Il suivit en

courant la voiture qui, heureusement pour lui, s'arrêta à
quelques pas de là, devant le grand Bazar de Moscou. Il se
hâta de le rejoindre, en se faufilant à travers la rangée des
vieilles mendiantes à la tête entortillée de bandes avec des
ouvertures ménagées pour les yeux, et dont il s'égayait fort
autrefois.

Il y avait peu de monde devant le Bazar. Kovaliov était si
ému qu'il ne pouvait se résoudre à rien, et cherchait des yeux
ce monsieur dans tous les coins. Il l'aperçut enfin devant une
boutique. Le nez avait complètement dissimulé sa figure sous
son grand col et examinait avec beaucoup d'attention je ne
sais quelles marchandises.

— Comment l'aborder? se demandait Kovaliov. A en juger
par tout son uniforme, son chapeau, il est évident qu'il est
conseiller d'État. Du diable si je sais comment m'y prendre !

Il se mit à toussoter à côté de lui, mais le nez gardait toujours la même attitude.

— Monsieur, commença Kovaliov, en faisant un effort pour
reprendre courage, monsieur...

— Que désirez-vous?... répondit le nez en se retournant.

— Il me semble étrange, monsieur, je crois... vous devez
connaître votre place; et tout à coup je vous retrouve, où?...
Vous conviendrez...

— Excusez-moi, je ne comprends pas bien de quoi il vous
plaît de me parler... Expliquez-vous.

« Comment lui expliquer cela? » pensait Kovaliov.

Et, prenant son courage à deux mains, il continua :

— Certes, moi, d'ailleurs... je suis major... Pour moi, ne

pas avoir de nez, vous en conviendrez, n'est pas bien séant. Une marchande qui vend des oranges sur le pont de Vozniessiensk peut rester là sans nez, mais moi qui ai en vue d'obtenir... avec cela, qui fréquente dans plusieurs maisons où se trouvent des dames : Mme Tchektyriev, femme de conseiller d'État, et d'autres encore... Jugez vous-même... Je ne sais vraiment pas, monsieur... (ici le major Kovaliov haussa les épaules), excusez-moi... si on envisage cela au point de vue des principes du devoir et de l'honneur... Vous pouvez comprendre cela vous-même.

— Je n'y comprends absolument rien, répliqua le nez. Veuillez vous expliquer d'une façon plus satisfaisante.

— Monsieur, fit Kovaliov avec dignité, je ne sais comment je dois entendre vos paroles... Il me semble que tout cela est d'une évidence absolue... ou bien, vous voudriez... Mais vous êtes pourtant mon propre nez.

Le nez regarda le major en fronçant les sourcils.

— Vous vous trompez, monsieur, je suis moi-même. En outre, il ne peut exister entre nous aucun rapport, puisque, à en juger par les boutons de votre uniforme, vous devez servir dans une administration autre que la mienne.

Après avoir dit ces mots, le nez se détourna.

Kovaliov se troubla au point de ne plus savoir ni que faire ni même que penser. En ce moment, il entendit le frou-frou soyeux d'une robe de femme, et Kovaliov vit s'approcher une dame d'un certain âge, toute couverte de dentelles, accompagnée d'une autre, mince et fluette avec une robe blanche qui dessinait à merveille sa taille fine et un chapeau de paille léger comme un gâteau feuilleté. Derrière elles marchait un haut laquais à favoris énormes avec une douzaine de collets à sa livrée.

Kovaliov fit quelques pas en avant, rajusta son col de batiste, arrangea ses cachets suspendus à une chaînette d'or et, la figure souriante, fixa son attention sur la dame fluette qui, pareille à une fleurette printanière, se penchait légèrement et portait à son front sa menotte blanche aux doigts transparents. Le sourire de Kovaliov s'élargit encore lorsqu'il aperçut sous le chapeau un petit menton rond d'une blancheur éclatante et une partie de la joue, teintée légèrement de rose.

Mais tout à coup il fit un bond en arrière comme s'il s'était brûlé. Il se rappela qu'il avait, à la place du nez, un vide absolu, et des larmes jaillirent de ses yeux. Il se retourna pour déclarer sans ambages au monsieur en uniforme qu'il n'avait que les apparences d'un conseiller d'État, qu'il n'était qu'un lâche et qu'un coquin et enfin pas autre chose que son propre nez... Mais le nez n'était plus là; il avait eu le temps de repartir, sans doute pour continuer ses visites.

Cette disparition plongea Kovaliov dans le désespoir. Il revint en arrière et s'arrêta un instant sous les arcades, en jetant des regards de tous les côtés, dans l'espérance d'apercevoir le nez quelque part. Il se rappelait très bien qu'il portait un chapeau à plumes et un uniforme brodé d'or, mais il n'avait pas remarqué la forme de son manteau, ni la couleur de sa voiture et de ses chevaux, ni même s'il avait derrière la voiture un laquais et quelle était sa livrée. Et puis, tant de voitures passaient devant lui qu'il lui eût été difficile d'en reconnaître une et, l'eût-il reconnue, qu'il n'aurait eu nul moyen de l'arrêter.

La journée était belle et ensoleillée. Une foule immense se pressait sur la Perspective; toute une cascade fleurie de dames se déversait sur le trottoir. Voilà un conseiller de cour qu'il connaît et à qui il octroie le titre de lieutenant-colonel, surtout en présence des autres. Voilà Iaryghine, son grand ami, qui toujours fait faire remise [1] au boston, quand il joue huit, et voilà aussi un autre major qui a obtenu au Caucase le grade d'assesseur de collège : ce dernier lui fait signe de s'approcher.

— Au diable! se dit Kovaliov... Eh, cocher! mène-moi droit chez le maître de police.

Kovaliov monta en fiacre et ne cessa de crier tout le temps au cocher :

— Cours ventre à terre!

— Le maître de la police est-il chez lui? s'écria-t-il en entrant dans l'antichambre.

— Non, monsieur, répondit le suisse, il vient de sortir.

— Allons, bon!...

— Oui, continua le suisse; il n'y a pas longtemps, mais il est parti; si vous étiez venu un instant plus tôt, peut-être l'auriez-vous trouvé.

Kovaliov, le mouchoir toujours appliqué sur sa figure, remonta en fiacre et cria d'une voix désespérée :

— Va!

---

1. Terme de jeu. Amende.

— Où? demanda le cocher.

— Va tout droit.

— Comment, tout droit?... mais c'est un carrefour ici!... Faut-il prendre à droite ou à gauche?

Cette question fit réfléchir Kovaliov. Dans sa situation, il devait avant tout s'adresser à la police, non pas que son affaire eût un rapport direct avec celle-ci; mais parce qu'elle serait capable de prendre des mesures plus rapides que les autres administrations. Quant à demander satisfaction au ministère où le nez se prétendait attaché, cela n'était rien moins que raisonnable, car les réponses de ce monsieur donnaient à conclure qu'il n'existait rien de sacré pour lui, et il aurait pu tout aussi bien avoir menti dans ce cas-là, comme il mentait en affirmant qu'il ne l'avait jamais vu, lui, Kovaliov.

Mais au moment où celui-ci était déjà prêt à donner l'ordre au cocher de le conduire au tribunal de police, l'idée lui vint que ce coquin, ce fripon, qui, dès la première rencontre, s'était conduit vis-à-vis de lui d'une façon si peu loyale, pouvait très bien, profitant du répit, quitter clandestinement la ville; et alors toutes les recherches seraient vaines, ou pourraient durer, ce qu'à Dieu ne plaise, un mois entier. Enfin, comme si le ciel lui-même l'avait inspiré, il résolut de se rendre directement au bureau des annonces, et de faire publier par avance un avis avec la description détaillée de tous les caractères distinctifs du nez, pour que quiconque l'eût rencontré pût le ramener immédiatement chez lui, Kovaliov, ou du moins lui faire connaître le lieu où il séjournait.

Cette résolution enfin prise, il donna ordre au cocher de se rendre au bureau des annonces ; et tout le long du chemin il ne cessait de le bourrer de coups dans le dos en disant :

— Vite, misérable, vite, coquin !

— Eh ! maître ! répondait le cocher en secouant la tête et en cinglant des rênes son cheval aux poils longs comme ceux d'un épagneul.

Enfin le fiacre s'arrêta et Kovaliov, essoufflé, entra en courant dans une petite pièce où un fonctionnaire à cheveux blancs, vêtu d'un habit râpé, des lunettes sur son nez, était assis devant une table, une plume à la bouche, et comptait la monnaie de cuivre qu'on venait de lui apporter.

— Qui est-ce qui reçoit ici les annonces ? s'écria Kovaliov... ah ! c'est vous, bonjour.

— Tous mes respects, répondit le fonctionnaire à cheveux blancs, levant les yeux pour un moment et les abaissant de nouveau sur les tas de monnaie placés devant lui.

— Je voudrais faire publier...

— Permettez, veuillez patienter un moment, fit le fonctionnaire, en traçant d'une main des chiffres sur le papier et en déplaçant de l'autre deux boules sur l'abaque.

Un laquais galonné, dont l'extérieur indiquait qu'il servait dans une grande maison aristocratique, se tenait près de la table, un billet à la main et, jugeant à propos de faire preuve de sociabilité, exposait ainsi ses idées :

— Le croiriez-vous, monsieur, ce petit chien-là ne vaut pas au fond quatre-vingts kopeks, et quant à moi je n'en donnerais même pas huit liards ; mais la comtesse l'aime, ma foi ; elle

Il enfonça encore une fois les doigts et en retira... un nez!... (p. 82.)

13

l'aime, et voilà, elle offre à celui qui le ramènera cent roubles.
Il faut avouer, tels que nous sommes là, que les goûts des
gens sont tout à fait disproportionnés avec leur objet : si l'on
est amateur, eh bien, qu'on ait un chien couchant ou un barbet,
qu'on ne craigne pas de le payer cinq cents roubles, qu'on en
donne même mille, mais que ce soit au moins un bon chien.

L'honorable fonctionnaire écoutait avec un air entendu, tout
en calculant le nombre des lettres renfermées dans le billet.
De chaque côté de la table se tenait une foule de bonnes
femmes, de commis et de portiers, avec des billets à la main.
L'un annonçait la vente d'une calèche n'ayant servi que très
peu de temps, amenée de Paris en 1814 ; un autre, celle d'un
« drojki [1] » solide, auquel manquait un ressort ; on vendait
aussi un jeune cheval fougueux de dix-sept ans, et ainsi de
suite. La pièce où était réunie cette société était très petite, et
l'air y était très lourd, mais l'assesseur de collège ne pouvait
pas sentir l'odeur, puisqu'il avait couvert sa figure d'un mouchoir et aussi parce que son nez lui-même se trouvait on ne
savait dans quels parages.

— Monsieur, je voudrais vous prier... il y a urgence, fit-il
enfin, impatienté.

— Tout de suite, tout de suite ! Deux roubles quarante-trois
kopeks... A l'instant ! Un rouble soixante-quatre kopeks !...,
disait le monsieur aux cheveux blancs, en jetant les billets
au visage des bonnes femmes et des portiers. — Que désirez-
vous, fit-il enfin en se tournant vers Kovaliov.

1. Espèce de voiture.

— Je voudrais... dit celui-ci... il vient de se passer une escroquerie ou une supercherie, je ne suis pas encore fixé sur ce point. Je vous prie seulement d'insérer l'annonce que celui qui me ramènera ce coquin recevra une récompense honnête.

— Quel est votre nom, s'il vous plaît ?

— Mon nom, pourquoi ? Je ne peux pas le dire. J'ai beaucoup de connaissances : Mme Tchektyriev, femme de conseiller d'État ; Mme Podtotchina, femme d'officier supérieur... Si elles venaient à l'apprendre, ce qu'à Dieu ne plaise !... Vous pouvez simplement mettre : assesseur de collège, ou encore mieux, major.

— Et celui qui s'est enfui était votre serf ?

— Quel serf ! ce ne serait pas, après tout, une si grande escroquerie ! Celui qui s'est enfui, c'est... le nez...

— Hum !... quel nom bizarre ! Et la somme que vous a volé ce monsieur Le Nez est-elle considérable ?

— Le nez, mais non, vous n'y êtes pas. Le nez, mon propre nez a disparu on ne sait où. Le diable a voulu se jouer de moi.

— Comment a-t-il donc disparu ? je ne comprends pas bien.

— Je ne peux pas vous dire comment, mais ce qui importe le plus, c'est qu'il se promène maintenant en ville, et se fait appeler conseiller d'État. C'est pourquoi je vous prie d'annoncer que celui qui s'en saisira ait à le ramener sans tarder chez moi, le plus vite possible. Pensez donc, comment vivre sans une partie du corps aussi en vue ? Il ne s'agit pas ici d'un orteil : je n'aurais qu'à fourrer mon pied dans ma botte, et personne ne s'apercevrait s'il manque... Je vais les jeudis chez la femme du conseiller d'état, Mme Tchektyriev ; Mme Pod-totchina, femme d'officier supérieur et qui a une très jolie fille, est aussi de mes connaisances, et pensez donc vous-même, comment ferais-je maintenant?.. Je ne peux plus me montrer chez elles.

Le fonctionnaire se mit à réfléchir, ce que dénotaient ses lèvres fortement serrées.

— Non, je ne peux pas insérer une annonce semblable dans les journaux, fit-il enfin après un silence assez long.

— Comment? Pourquoi?

— Parce que. Le journal peut être compromis. Si tout le monde se met à publier que son nez s'est enfui, alors... On répète assez sans cela qu'on imprime un foule de choses incohérentes et de faux bruits.

— Mais pourquoi est-ce une chose incohérente? Il me semble qu'il n'y a rien de pareil dans mon cas.

— Vous croyez?... Tenez, la semaine dernière, il m'arriva précisément un cas pareil. Un fonctionnaire est venu, comme vous voilà venu, vous, maintenant, en apportant un billet qu'il a payé, le compte fait, deux roubles soixante-treize kopeks, et ce billet annonçait simplement la fuite d'un barbet à poil noir. Il semblerait qu'il n'y eût rien d'étrange là dedans. C'était pourtant un pamphlet : ce barbet se trouvait être le caissier de je ne sais quel établissement...

— Je ne vous parle pas de barbet, mais de mon propre nez, donc presque de moi-même.

— Non, je ne puis insérer une telle annonce.

— Mais si mon nez a réellement disparu !...

— S'il a disparu, c'est l'affaire d'un médecin. On dit qu'il
y a des gens qui peuvent vous remettre tel nez qu'on voudra.
Je m'aperçois, du reste, que vous devez être un homme d'humeur assez gaie et que vous aimez à plaisanter en société.

— Mais, je vous jure, par ma foi!... Soit, puisqu'il en est
ainsi, je vais vous montrer...

— A quoi bon vous déranger? continua le fonctionnaire, en
prenant une prise... Du reste, si cela ne vous gêne pas trop,
ajouta-t-il avec un mouvement de curiosité, il me serait
agréable de jeter un coup d'œil.

L'assesseur de collège enleva le mouchoir de sa figure.

— En effet, c'est très bizarre, fit le fonctionnaire : c'est
tout à fait plat, comme une crêpe fraîchement cuite. Oui,
c'est uni à n'y pas croire.

— Eh bien, allez-vous discuter encore maintenant? Vous
voyez bien qu'il est impossible de ne pas faire publier cela.
Je vous en serai particulièrement reconnaissant, et je suis très
heureux que cet incident m'ait procuré le plaisir de faire
votre connaissance.

Le major, comme on le voit, n'avait même pas reculé
devant une légère humiliation.

— L'insérer n'est certes pas chose difficile, fit le fonctionnaire ; seulement je n'y vois aucune utilité pour vous. Toutefois, si vous y tenez absolument, adressez-vous plutôt à quelqu'un qui possède une plume habile, afin qu'il le décrive
comme un phénomène de la nature et publie cet article dans
l'*Abeille du Nord* (à ces mots le fonctionnaire prit une autre
prise) pour le plus grand profit de la jeunesse (il s'essuya le

nez) ou tout simplement comme une chose digne de la curiosité publique.

L'assesseur de collège se sentit complètement découragé.
Distraitement il abaissa les yeux sur un journal où se trouvait
l'indication des spectacles du jour : en y lisant le nom d'une
artiste qu'il connaissait pour être jolie, sa figure se préparait
déjà à esquisser un sourire et sa main tâtait sa poche, afin de
s'assurer s'il avait sur lui un billet bleu, car selon l'opinion
de Kovaliov, des officiers supérieurs tels que lui ne pouvaient
occuper une place d'un moindre prix ; mais l'idée du nez
vint se mettre à la traverse et tout gâter.

Le fonctionnaire lui-même semblait touché de la situation
difficile de Kovaliov. Désirant soulager quelque peu sa douleur, il jugea convenable d'exprimer l'intérêt qu'il lui portait
en quelques paroles bien senties :

— Je regrette infiniment, fit-il, qu'il vous soit arrivé pareille mésaventure ! N'accepteriez-vous pas une prise ?..., cela
dissipe les maux de tête et les dispositions à la mélancolie,
c'est même bon contre les hémorroïdes.

Et ce disant, le fonctionnaire tendit sa tabatière à Kovaliov
en dissimulant habilement en dessous le couvercle orné d'un
portrait de je ne sais quelle dame en chapeau.

Cet acte, qui ne cachait pourtant aucun dessein malveillant,
eut le don d'exaspérer Kovaliov.

— Je ne comprends pas que vous trouviez à propos de
plaisanter là-dessus, s'écria-t-il avec colère. Est-ce que vous
ne voyez pas que je manque précisément de l'essentiel pour
priser ? Que le diable emporte votre tabac ! Je ne peux pas le

voir maintenant, et non seulement votre vilain tabac de Béré-
zine, mais même du râpé.

Sur ce, il sortit, profondément irrité, du bureau des
annonces et se rendit chez le commissaire de police.

Il fit son entrée juste au moment où celui-ci, en s'allongeant
sur son lit, se disait avec un soupir de satisfaction :

— Et maintenant, je m'en vais faire un bon petit somme.

Il était donc à prévoir que la venue de l'assesseur de collège
serait tout à fait inopportune. Ce commissaire était un grand
protecteur de tous les arts et de toutes les industries, mais
il préférait encore à tout un billet de banque.

— C'est une chose, avait-il coutume de dire, dont on ne
trouve pas aisément l'équivalent : cela ne demande pas de
nourriture, ne prend pas beaucoup de place, cela tient toujours
dans la poche, et si cela tombe, cela ne se casse pas.

Le commissaire fit à Kovaliov un accueil assez froid, en
disant que l'après-midi n'était pas précisément un bon
moment pour ouvrir une instruction ; que la nature ordonnait
qu'après avoir mangé on se reposât un peu (ceci indiquait à
l'assesseur de collège que le commissaire n'ignorait pas les
aphorismes des anciens sages), et qu'à un homme comme il
faut on n'enlèverait pas le nez.

L'allusion était vraiment par trop directe. Il faut vous dire
que Kovaliov était un homme très susceptible. Il pouvait
excuser tout ce qu'on disait sur son propre compte, mais
jamais il ne pardonnait ce qui était blessant pour son rang
ou son grade. Il avait même la conviction que, dans les
pièces de théâtre, on ne devrait permettre des attaques que

contre les officiers subalternes, mais en aucune manière contre
les officiers supérieurs. L'accueil du commissaire l'avait tellement froissé, qu'il releva fièrement la tête, écarta les bras, et
déclara avec dignité :

— J'avoue qu'après des observations aussi blessantes de
votre part, je n'ai plus rien à vous dire.

Et il sortit.

Il revint chez lui, accablé de fatigue. Il faisait déjà sombre.
Triste et même laid lui parut son appartement après toutes
ses recherches infructueuses. En pénétrant dans l'antichambre,
il aperçut sur le vieux canapé en cuir son valet Ivan qui, com-
modément étendu sur le dos, s'occupait à lancer des crachats
au plafond et, avec beaucoup d'adresse, touchait toujours au
même endroit. Cette indifférence de son domestique le rendit
furieux ; il lui donna un coup de son chapeau sur le front en
disant :

— Toi, vaurien, tu ne fais jamais que des sottises.

Ivan se leva brusquement et s'élança vers son maître pour
lui retirer son manteau.

Une fois dans sa chambre, le major, fatigué et triste, se
jeta dans un fauteuil et finalement, après avoir poussé
quelques soupirs, se mit à dire :

— Mon Dieu ! mon Dieu ! Pourquoi ce malheur m'accable-
t-il ? Si c'était un bras ou une jambe qui me manquent, ce
serait moins insupportable, mais un homme sans nez, cela
ne vaut pas le diable ; qu'est-il donc ? Ni oiseau, ni citoyen ; il
n'est bon qu'à jeter par la fenêtre. Si c'était du moins à la
guerre ou en duel qu'on me l'eût enlevé, ou si je l'avais perdu

14

par ma propre faute!... Non, le voilà disparu, comme cela,
sans raison aucune!... Toutefois, non, cela ne se peut pas,
ajouta-t-il après avoir réfléchi, c'est une chose incroyable
qu'un nez puisse ainsi disparaître, — tout à fait incroyable.
Il faut croire que je rêve, ou que je suis tout simplement
halluciné; peut-être ai-je par mégarde avalé, au lieu d'eau, de
l'alcool dont j'ai coutume de me frotter le menton après qu'on
m'a rasé. Cet imbécile d'Ivan aura négligé de l'emporter, et
je l'aurai avalé.

Afin de s'assurer qu'il n'était pas ivre, le major se pinça
si fort qu'un cri lui échappa malgré lui. Cette douleur lui
donna la certitude qu'il vivait et agissait en état de veille. Il
s'approcha tout doucement de la glace et ferma d'abord les
yeux, espérant de revoir tout à coup le nez à sa place ordinaire; mais en les r'ouvrant, il recula aussitôt :

— Quel vilain aspect! murmura-t-il.

C'était en effet incompréhensible. Qu'un bouton, une cuiller
d'argent, une montre ou quelque chose de semblable eût ainsi
disparu, passe; mais un tel objet, et encore dans son propre
appartement!...

Le major Kovaliov, après avoir pesé toutes les circonstances, s'était arrêté à la supposition, qui était peut-être la
plus proche de la vérité, que la faute de tout cela ne devait
s'imputer à nul autre qu'à la femme de l'officier supérieur,
Mme Podtotchina, laquelle désirait le voir épouser sa fille. Lui-
même lui faisait volontiers la cour, mais il évitait de se
déclarer définitivement. Et lorsque la dame lui dit un jour, à
brûle-pourpoint, qu'elle voudrait marier sa fille avec lui, il fit

doucement machine en arrière, en prétextant qu'il était encore trop jeune, qu'il lui fallait encore servir au moins cinq années pour qu'il eût juste quarante-deux ans. Et voilà pourquoi la femme d'officier supérieur, sans doute par esprit de vengeance, aurait résolu de lui jeter un sort et soudoyé à cet effet des sorcières, parce qu'en aucune façon on ne pouvait admettre que le nez eût été coupé : personne n'était entré dans sa chambre, et quant à Ivan Iakovlievitch, celui-ci lui avait fait la barbe le mercredi et, durant cette journée et même tout le jeudi, son nez était là, cela il le savait et se le rappelait très bien. En outre, si tel avait été le cas, il aurait naturellement ressenti une douleur et sans nul doute la plaie ne se serait pas cicatrisée aussi vite et n'eût pas été plate comme une crêpe.

Il se mit à ruminer toutes sortes de projets, ne sachant s'il devait citer la femme d'officier supérieur directement en justice, ou se rendre chez elle et la convaincre de sa mauvaise foi.

Ses réflexions furent interrompues par un jet de lumière qui brilla tout à coup à travers toutes les fentes de la porte et qui lui apprit qu'Ivan venait d'allumer la bougie dans l'antichambre. Bientôt apparut Ivan lui-même, portant devant lui la bougie qui éclaira toute la pièce. Le premier mouvement de Kovaliov fut de saisir un mouchoir et d'en couvrir l'endroit où la veille encore trônait son nez, afin que ce dadais de domestique ne demeurât là bouche bée, en apercevant une telle bizarrerie chez son maître.

A peine le domestique avait-il eu le temps de retourner dans

sa niche, qu'une voix inconnue se fit entendre dans l'antichambre :

— C'est ici que demeure l'assesseur de collège Kovaliov ?
demandait-on.

— Entrez : le major Kovaliov est là, dit-il lui-même en se
levant rapidement et en ouvrant la porte.

Il vit entrer un fonctionnaire de police à l'extérieur agréable,
aux favoris ni trop clairs ni trop foncés, aux joues assez pote-
lées, le même qui, au commencement de ce récit, se tenait à
l'extrémité du pont d'Issaky.

— Vous avez égaré votre nez?

— Précisément.

— Il vient d'être retrouvé.

— Que... dites-vous? balbutia le major Kovaliov.

La joie avait subitement paralysé sa langue. Il regardait de
tous ses yeux le commissaire, dont les joues et les lèvres
pleines se détachaient sous la lumière tremblotante de la
bougie.

— Comment?... put-il enfin proférer.

— Par un hasard tout à fait singulier. On l'a arrêté presque
en route. Il montait déjà en voiture pour se rendre à Riga...
Son passeport était depuis longtemps fait au nom d'un fonctionnaire. Et ce qui est encore plus bizarre, c'est que moi-
même je l'avais pris tout d'abord pour un monsieur. Heureusement que j'avais sur moi des lunettes, et j'ai reconnu
aussitôt que c'était un nez. Je suis myope, vous savez, et
lorsque vous vous tenez devant moi, je vois seulement que
vous avez un visage, mais je ne distingue ni le nez, ni la

barbe, ni rien. Ma belle-mère, elle, non plus, n'y voit goutte.

Kovaliov était hors de lui :

— Où est-il, où ?... j'y cours tout de suite.

— Ne vous dérangez pas. Sachant que vous en aviez besoin, je l'ai apporté avec moi. Et ce qu'il y a de singulier, c'est que le principal coupable, en cette affaire, est un coquin de barbier de la rue Vozniessensk qui est maintenant enfermé au violon. Depuis longtemps je le soupçonnais d'ivrognerie et de vol : avant-hier encore, il avait dérobé dans une boutique une douzaine de boutons... Votre nez est resté tel qu'il était.

A ces mots, le commissaire fourra ses mains dans sa poche et en retira le nez enveloppé dans du papier.

— C'est cela, c'est lui ! s'écria Kovaliov, c'est bien lui... Voulez-vous prendre tout à l'heure, avec moi, une tasse de thé?

— Cela me ferait bien plaisir, mais je ne peux pas. Je dois me rendre d'ici à la maison de force... Les vivres sont devenus très chers maintenant... J'ai avec moi ma belle-mère et puis des enfants, l'aîné surtout donne de grandes espérances; c'est un garçon très intelligent, mais les moyens nécessaires pour leur éducation me font absolument défaut.

Après le départ du commissaire, Kovaliov demeura dans un état d'âme en quelque sorte vague, et ce ne fut que quelques instants après qu'il reconquit la faculté de voir et de sentir, si grand avait été le saisissement dans lequel l'avait plongé cette joie inattendue. Il prit avec précaution le nez retrouvé dans le creux de ses mains et l'examina encore une fois avec la plus grande attention :

— C'est lui, c'est bien lui! disait-il. Voici même le bouton
qui m'a poussé hier sur le côté gauche.

Et le major faillit rire de ravissement.

Mais rien n'est durable dans ce monde, et c'est pourquoi
la joie est moins vive dans l'instant qui suit le premier, s'at-
ténue encore dans le troisième, et finit par se confondre avec
l'état habituel de notre âme, comme le cercle que la chute
d'un caillou a formé sur la surface de l'eau finit par se confondre avec cette surface. Kovaliov se mit à réfléchir, com-
prenant bien que l'affaire n'était pas encore terminée : le nez
était retrouvé, mais il fallait encore le recoller, le remettre à
sa place.

— Et s'il ne se recollait pas ?

A cette question qu'il se posait à lui-même, Kovaliov pâlit.

Avec un sentiment d'indicible frayeur, il s'élança vers la
table et se plaça devant la glace afin de ne pas reposer le nez
de travers. Ses mains tremblaient.

Avec toutes sortes de précautions, il l'appliqua à l'endroit
qu'il occupait antérieurement. Horreur ! le nez n'adhérait
pas !... Il le porta à sa bouche, le réchauffa légèrement avec
son haleine et de nouveau le plaça sur l'espace uni qui se
trouvait entre les deux joues ; mais le nez ne tenait pas.

— Voyons, va donc, imbécile! lui disait-il.

Mais le nez semblait être de bois, et retombait sur la table
avec un bruit étrange, comme si c'eût été un bouchon. La
face du major se convulsa.

— Est-il possible qu'il n'adhère pas ? se disait-il, plein
de frayeur.

Mais il avait beau l'ajuster à la place qui était pourtant la sienne ; tous ses efforts restaient vains.

Il appela Ivan et l'envoya chercher le médecin, qui occupait dans la même maison le plus bel appartement. Ce médecin était un homme de belle prestance, qui possédait de magnifiques favoris d'un noir de goudron, une femme jeune et bien portante, mangeait le matin des pommes fraîches, et tenait sa bouche dans une propreté extrême, se la rinçant chaque matin trois quarts d'heure durant, et se nettoyant les dents avec cinq espèces différentes de brosses. Le médecin vint immédiatement. Après avoir demandé au major depuis quand ce malheur lui était arrivé, il souleva son menton et lui donna une pichenette avec le pouce, juste à l'endroit qu'occupait autrefois le nez, de sorte que le major rejeta la tête en arrière avec une telle force que sa nuque alla frapper contre la muraille. Le médecin lui dit que ce n'était rien ; il l'invita à se reculer quelque peu du mur, puis, lui faisant plier la tête à droite, tâta l'emplacement du nez et poussa un « hum ! » significatif ; après quoi, il lui fit plier la tête à gauche, poussa encore un « hum ! » et, en dernier lieu, lui donna de nouveau une chiquenaude avec son pouce, si bien que le major Kovaliov sursauta comme un cheval dont on examinerait les dents. Après cette épreuve, le médecin secoua la tête et dit :

— Non, cela ne se peut pas. Restez plutôt tel quel, parce qu'il vous arriverait pis peut-être. Certes, on peut le remettre tout de suite, mais je vous assure que le remède serait pire que le mal.

— Voilà qui est bien ! comment donc rester sans nez ? fit
Kovaliov ; il n'y a rien de pire que cela. Où puis-je me montrer avec un aspect aussi vilain ?... Je fréquente la bonne
compagnie, aujourd'hui je suis encore invité à deux soirées.
Je connais beaucoup de dames : la femme du conseiller
d'État Mme Tchektyriev, Mme Podtotchina, femme d'officier
supérieur, — quoique, après ses agissements, je ne veuille
plus avoir affaire à elle autrement que par l'entremise de la
police... Je vous en prie, continua Kovaliov, d'un ton sup-
pliant, trouvez un moyen quelconque, remettez-le d'une façon
ou d'une autre ; que ce ne soit même pas tout à fait bien,
pourvu que cela tienne, je pourrai même le soutenir un peu
avec ma main, dans les cas dangereux. D'ailleurs, je ne danse
même pas, de sorte que je ne risque pas de lui causer aucun
dommage par quelque mouvement imprudent. Quant à vos
honoraires, soyez sans crainte, tout ce qui sera dans la
mesure de mes moyens...

— Croyez-moi, fit le docteur d'une voix ni haute ni basse,
mais très douce et comme magnétique, je ne traite jamais par
amour du gain. C'est contraire à mes principes et à mon art.
J'accepte, il est vrai, des honoraires, mais seulement afin de
ne pas blesser, par mon refus, les malades qui ont recours à
moi. Certes, j'aurais pu remettre votre nez, mais je vous
assure, sur l'honneur, si vous ne voulez pas croire à ma simple
parole, que ce sera bien pis. Laissez plutôt faire la nature
elle-même. Lavez souvent la place avec de l'eau froide et je
vous assure que, sans nez, vous vous porterez tout aussi bien
que si vous l'aviez. Et quant au nez lui-même, je vous con-

seille de le mettre dans un flacon rempli d'alcool ou, ce qui
vaut encore mieux, de vinaigre chauffé, mêlé à deux cuille-
rées d'eau régale, et alors vous pourrez le vendre encore à un
bon prix. Moi-même je vous le prendrais bien, pourvu que
vous n'en demandiez pas trop cher.

— Non, non, je ne le vendrai pas pour rien au monde.
J'aime mieux qu'il soit perdu.

— Excusez, fit le docteur en prenant congé. Je croyais
vous être utile ; je n'y puis rien ; du moins vous êtes-vous
convaincu de ma bonne volonté.

Ce disant, le docteur quitta la chambre, d'une démarche
noble et fière. Kovaliov ne la regarda même pas ; plongé dans
une insensibilité profonde, il ne vit passer devant lui que le
bord de ses manchettes, blanc comme neige, qui sortait des
manches de son habit noir.

Il se résolut dès le lendemain, avant de porter plainte, à
écrire à la femme d'officier supérieur, pour voir si elle ne
consentirait pas à lui rendre sans contestation ce qu'elle lui
avait pris. La lettre était libellée comme suit :

« Madame ALEXANDRA PODTOTCHINA,

« Je comprends difficilement vos façons de faire. Soyez certaine qu'en agissant ainsi vous ne gagnerez rien et ne me
contraindrez nullement à épouser votre fille. Croyez-moi,
l'histoire de mon nez est éventée ; c'est vous et nul autre qui
y avez pris la part principale. Sa séparation inopinée d'avec
la place qu'il occupait, sa fuite et ses déguisements, tantôt

15

sous les traits d'un fonctionnaire, tantôt enfin sous son propre
aspect, ne sont que la conséquence de maléfices employés par
vous ou par des personnes qui, comme vous, s'adonnent à
d'aussi nobles occupations. De mon côté, je crois devoir vous
prévenir que si le nez sus-indiqué ne se retrouve pas dès
aujourd'hui à sa place, je serai forcé de recourir à la protection des lois.

« D'ailleurs, avec tous mes respects, j'ai l'honneur d'être

« votre humble serviteur,

« PLATON KOVALIOV. »

La réponse ne se fit pas attendre, elle était ainsi conçue :

« Monsieur PLATON KOVALIOV,

« Votre lettre m'a profondément étonnée. Je l'avoue, je ne
m'y attendais nullement, surtout pour ce qui regarde les
reproches injustes de votre part. Je vous avertis que le fonctionnaire dont vous me parlez n'a jamais été reçu chez moi,
ni déguisé ni sous son propre aspect. Il est vrai que Philippe
Ivanovitch Potantchikoff fréquentait chez moi, et quoiqu'il eût
en effet recherché la main de ma fille, quoiqu'il fût un homme
de bonne conduite, sobre, et qu'il eût beaucoup de lecture,
je ne lui ai jamais donné aucun espoir. Vous faites encore
mention d'un nez. Si vous voulez dire par là que je voulais
vous laisser avec un pied de nez, c'est-à-dire vous opposer un
refus formel, je suis fort étonnée de vous l'entendre dire,

puisque moi, comme vous le savez bien, j'étais d'un avis tout opposé. Et si dès maintenant vous vouliez demander la main de ma fille, je suis disposée à vous satisfaire, puisque tel a toujours été l'objet de mon plus vif désir; dans l'attente de quoi je reste toute prête à vous servir.

« ALEXANDRA PODTOTCHINA. »

— Non, fit Kovaliov, après avoir relu la lettre; elle n'est vraiment pas la coupable. Cela ne se peut pas. Une lettre pareille ne pourrait être écrite par quelqu'un qui aurait commis un crime.

L'assesseur de collège s'y connaissait, puisqu'il avait été plusieurs fois commis pour instruire des affaires criminelles, lorsqu'il était encore au Caucase.

— De quelle manière, par quel hasard, cela a-t-il pu se produire? Le diable seul saurait s'y reconnaître! fit-il enfin avec un geste de découragement.

Cependant le bruit de cet événement extraordinaire avait couru dans toute la capitale et, comme il est d'usage, non sans s'agrémenter de petites particularités nouvelles. A cette époque, tous les esprits étaient portés vers le miraculeux : le public se trouvait encore sous l'impression d'expériences récentes, relatives au magnétisme. L'histoire des chaises dansantes, dans la rue Koniouchennaïa, était encore toute fraîche; il n'y avait donc rien d'étonnant à ce que bientôt on en vint à dire que le nez de l'assesseur de collège Kovaliov se promenait tous les jours, à trois heures précises, sur la Perspective

de Nievsky. L'affluence des curieux était tous les jours énorme.
Quelqu'un s'avisa tout à coup de dire que le nez se trouvait
dans le magasin de Jounker ; et le magasin fut assiégé par une
telle foule, que la police elle-même dut s'en mêler et rétablir
l'ordre. Un spéculateur à mine grave, portant favoris, qui vendait des gâteaux secs à l'entrée des théâtres, fit fabriquer exprès
de beaux bancs solides, qu'il plaça devant le magasin et sur
lesquels il invitait obligeamment les assistants à monter, pour
le prix modique de quatre-vingts kopeks. Un colonel qui avait
de très beaux états de service sortit même exprès pour cela
de meilleure heure qu'à l'ordinaire, et il ne réussit qu'à
grand'peine à se frayer un passage à travers la foule ; mais à
sa grande indignation, il aperçut, dans la vitrine du magasin,
au lieu du nez, un simple gilet de flanelle et une lithographie
qui représentait une jeune fille reprisant un bas, tandis qu'un
jeune élégant, avec une barbiche et un gilet à grands revers,
la regardait de derrière un arbre, — lithographie qui se trouvait à cette même place depuis plus de dix ans. Le colonel
s'éloigna en disant avec dépit :

— Comment peut-on troubler le monde avec des récits aussi
stupides et aussi peu vraisemblables !

Puis ce fut un autre bruit : le nez du major Kovaliov se
promenait non sur la Perspective de Nievsky, mais dans le
jardin de Tauride ; on ajoutait même qu'il s'y trouvait depuis
longtemps déjà, que le fameux Kozrev-Mirza, lorsqu'il y
séjournait encore, s'étonnait beaucoup de ce jeu bizarre de la
nature. Quelques étudiants de l'Académie de chirurgie se ren-
dirent exprès dans ce jardin. Une grande dame écrivit au

surveillant, le priant de montrer à ses enfants ce raré phénomène et de leur donner à cette occasion quelques explications instructives et édifiantes pour la jeunesse.

Tous ces incidents faisaient la joie des hommes du monde,
habitués des raouts, très à court en ce moment d'anecdotes
capables de dérider les dames. Par contre, la minorité des
gens graves et bien pensants manifestait un vif mécontentement.
Un monsieur très indigné disait même qu'il ne comprenait
pas comment, dans notre siècle éclairé, des inepties semblables
pouvaient se répandre, et il se trouvait très surpris de voir
que le gouvernement ne finissait pas par diriger son attention
de ce côté. Le monsieur en question appartenait évidemment
à la catégorie des gens qui voudraient immiscer le gouvernement dans tout, même dans leurs querelles quotidiennes
avec leurs moitiés. Après cela...

Mais ici les événements s'enveloppent encore une fois d'un
brouillard, et ce qui vient après demeure absolument inconnu.

III

D'étranges événements se passent dans ce monde, des événements qui sont même parfois dénudés de toute vraisemblance : voilà que le même nez qui circulait sous les espèces d'un conseiller d'État et faisait tant de bruit dans la ville, se trouva, comme si de rien n'était, de nouveau à sa place, c'est-à-dire par conséquent entre les deux joues du major Kovaliov. Ceci arriva en avril, le 7 du mois. En s'éveillant, le major jeta par hasard un regard dans la glace et aperçut un nez; il y porta vivement la main : c'en était un effectivement!

— Eh! se dit Kovaliov.

Et de joie il faillit exécuter, nu-pieds, une danse échevelée à travers la chambre; mais l'entrée d'Ivan l'en empêcha. Il se fit apporter immédiatement de l'eau et, en se débarbouillant, il se mira encore une fois dans la glace; le nez était là. En s'essuyant avec sa serviette, il y jeta un nouveau regard; le nez était là!

— Regarde donc, Ivan, il me semble que j'ai un bouton sur le nez, dit-il à son domestique.

Et il pensait en même temps :

« C'est cela qui sera joli, lorsque Ivan va me dire : mais non, monsieur ; non seulement il n'y a pas de bouton, mais le nez lui-même est absent. »

Mais Ivan répondit :

— Il n'y a rien, monsieur, on ne voit aucun bouton sur votre nez.

— C'est bon, cela, que le diable m'emporte ! se dit à part soi le major, en faisant claquer ses doigts.

En ce moment le barbier Ivan Iakovlievitch passa sa tête par la porte timidement, comme un chat qu'on viendrait de fouetter pour avoir volé du lard.

— Dis-moi d'abord : tes mains sont-elles propres ? lui cria Kovaliov en l'apercevant.

— Oui, monsieur.

— Tu mens.

— Par ma foi, elles sont parfaitement propres, monsieur.

— Tu sais, prends garde.

Kovaliov s'assit, Ivan Iakovlievitch lui noua une serviette sous le menton et en un instant, à l'aide du blaireau, lui transforma toute la barbe et une partie des joues en une crème telle qu'on en sert chez les marchands le jour de leur fête.

— Voyez-vous cela, se dit-il, en jetant un coup d'œil sur le nez.

Puis il pencha la tête et l'examina de côté :

— Le voilà lui-même en personne... vraiment, quand on y songe... continua-t-il en poursuivant son monologue mental et en attachant un long regard sur le nez.

Puis, tout doucement, avec des précautions infinies, il leva
en l'air deux doigts, afin de le saisir par le bout : tel était
le système d'Ivan Iakovlievitch.

— Allons, allons, prends garde, s'exclama Kovaliov.

Ivan Iakovlievitch laissa tomber ses bras et se troubla
comme il ne s'était encore jamais troublé de sa vie. Finalement, il se mit à chatouiller tout doucement du rasoir le menton du major, et quoiqu'il fut très difficile de faire la barbe
sans avoir un point d'appui dans l'organe olfactif, il réussit
pourtant, en appliquant son pouce rugueux contre la joue et la
mâchoire inférieure du major, à vaincre tous les obstacles et
à mener à bonne fin son entreprise.

Lorsque tout fut prêt, Kovaliov s'empressa de s'habiller,
prit un fiacre et se rendit tout droit à la pâtisserie. En entrant,
il cria de loin :

— Garçon, une tasse de chocolat!

Et il courut aussitôt vers la glace : le nez était là! Il se
retourna triomphant et jeta un coup d'œil ironique sur deux
officiers qui se trouvaient là et dont l'un possédait un nez pas
plus gros qu'un bouton de gilet. Après quoi il se rendit au
bureau de l'administration où il faisait des démarches dans le
but d'obtenir une place de gouverneur, ou à défaut un emploi
d'huissier. En traversant la salle de réception, il jeta un coup
d'œil dans la glace : le nez était là. Puis il alla rendre visite à
un autre assesseur de collège ou major, esprit très ironique,
à qui il avait coutume de dire en réponse à ses observations
gouailleuses :

— Toi, je te connais, tu es piquant comme une épingle.

Chemin faisant, il s'était dit :

— Si le major lui-même n'éclate pas de rire à ma vue, ce sera l'indice le plus certain que tout se trouve à sa place accoutumée.

Mais l'assesseur de collège ne dit rien.

— C'est bien, c'est bien, c'est parfait, se dit à part lui Kovaliov.

En revenant, il rencontra la femme de l'officier supérieur Podtotchine avec sa fille ; il les aborda et fut accueilli par elles avec de grandes démonstrations de joie : donc *il* ne présentait aucune défectuosité ! Il s'entretint très longtemps avec elles et, sortant sa tabatière, se mit à bourrer exprès de tabac son nez des deux côtés, en se disant :

« Tenez, je me moque bien de vous, femmelettes, coquettes que vous êtes !... et quant à la fille, je ne l'épouserai tout de même pas. Comme cela — par jeu — je veux bien. »

Et, depuis lors, le major Kovaliov se promenait comme si de rien n'était, et sur la Perspective de Nievsky et dans les théâtres et partout. Et son nez aussi, comme si de rien n'était, restait sur sa figure sans même avoir l'air de s'être jamais absenté. Et depuis lors on voyait le major Kovaliov toujours de bonne humeur, toujours souriant, courtisant toutes les jolies personnes sans exception aucune.

16

IV

Telle fut l'histoire qui se passa dans la capitale du nord de notre vaste empire! Maintenant, tout bien pesé, nous nous apercevons qu'elle offre beaucoup de côtés invraisemblables. Sans parler du fait vraiment étrange de la fuite miraculeuse du nez, et de sa présence en différents endroits sous l'aspect d'un conseiller d'État, comment Kovaliov ne comprit-il pas qu'on ne pouvait décemment publier une annonce sur un nez perdu? Non que je veuille dire par là qu'il lui aurait fallu la payer beaucoup trop cher ; cela, c'est une bagatelle, et je ne suis pas du tout du nombre des gens cupides. Mais ce n'est pas convenable, cela ne se fait pas, ce n'est pas bien. Et puis encore... comment le nez s'était-il trouvé dans le pain cuit et comment Ivan Iakovlievitch lui-même... non, cela, je ne le comprends pas du tout! Mais ce qui est le plus étrange et le plus incompréhensible, c'est que les auteurs puissent choisir des sujets pareils pour leurs récits. Cela, je l'avoue, est tout à fait inconcevable; cela, vraiment... non, non, cela me dépasse. En premier lieu, il n'en résulte aucun bien pour la patrie et en second lieu... mais en second lieu également, il n'en résulte non plus aucun mal. C'est tout simplement un je ne sais quoi.

Et pourtant, avec tout cela, quoique... certes, on puisse admettre bien des choses, peut-être même... et enfin où ne se glisse-t-il pas certaines discordances?... Et tout de même, quand on y réfléchit bien, il y a vraiment quelque chose là dedans. On a beau dire, de pareils faits arrivent dans ce monde; rarement, mais ils arrivent...

IVAN TOURGUENEV

(1818-1884)

LA PRAIRIE AUX CHEVAUX

IVAN TOURGUENEV

L'auteur de ces *Récits d'un Chasseur* dont nous présentons aujourd'hui des pages choisies au jeune public français, Ivan Tourguenev, est l'un des plus grands écrivains russes, et celui, sans doute, dont le génie à demi occidental est le mieux goûté dans notre pays. La faveur spéciale dont il jouit parmi nous s'explique d'elle-même. C'est à Paris, en effet, qu'il passa la meilleure partie de sa vie, c'est à Paris qu'il mourut en 1884 ; et notre littérature, dont il ne fut pas sans ressentir l'influence, pourrait à bon droit le revendiquer comme une de ses gloires propres, s'il n'avait avant tout dépeint dans ses œuvres, d'un style qui garde toute la saveur du terroir natal, les paysages, les types et les scènes de la vie russe.

Il était né 1818, à Orel, d'une famille noble. Après de fortes études commencées à Moscou, continuées à Pétersbourg en 1833, et terminées à Berlin en 1838, il obtint, de retour dans sa patrie, un emploi au ministère de l'Intérieur ; entre temps, il s'occupait de littérature. Ses premiers essais, *Panaschia, La conversation* (poésies), datent de 1843. Mais ce « bârine » était loin de partager tous les préjugés étroits de sa caste. De bonne heure il se sentit pris de sympathie et de pitié pour les paysans alors attachés à la glèbe. La hardiesse de ses opinions le fit même exiler en 1847.

Il se rendit alors en Allemagne, puis en France, et retrouva à Paris comme une seconde patrie, dont le bon accueil le consola des rigueurs du gouvernement russe. La mesure qui l'avait banni de son pays ne tarda pas, d'ailleurs, à être révoquée ; grâce à la protection du tzarévitch, qui fut depuis le tzar Alexandre II, Ivan Tourguenev put rentrer en Russie. Mais il ne devait y faire désormais que des séjours de plus en plus courts ; c'est à Paris, au milieu d'un cercle d'amis dévoués et d'admirateurs sincères, qu'il se plaisait surtout à vivre.

Il a laissé une œuvre considérable, composée de nouvelles, de romans, de pièces dramatiques. Nous citerons seulement avec les *Récits d'un Chasseur*, *Les scènes de la vie russe*, *Pères et Enfants*, *Une nichée de gentilshommes*, *Fumée*, *Dmitri Roudine*, *Terres vierges*, etc. Tous ces écrits révèlent une observation tout à la fois fine et profonde, l'art de la nuance, le souci du détail vrai poussé parfois jusqu'à la minutie, et certaine bonne humeur relevée d'ironie douce, qui n'est ni l'humour anglais, ni la verve française, et qui semble la caractéristique de l'esprit russe.

Ces qualités se retrouvent dans les *Récits d'un Chasseur* (d'où sont tirées les deux nouvelles ci-après), vive peinture des mœurs populaires russes d'avant l'émancipation, où vibre, en plus, l'affectueuse pitié des humbles, serfs, moujiks, petits employés, nobles déchus et ruinés, qui se dressent devant nous, étudiés d'après nature et restitués dans leur milieu propre, — avec leurs misères, leurs joies, leurs superstitions, leurs passions, — par un homme de cœur et un magistral écrivain.

PRAIRIE AUX CHEVAUX

I

C'était par un jour de juillet,
comme on n'en voit que lorsque le
temps est au beau fixe. Dès l'aube,
le ciel est serein; l'aurore ne l'incendie point d'un vaste brasier; elle
l'empourpre légèrement; le soleil
n'offre point l'aspect d'un bloc de fer rouge, comme pendant
les grandes sécheresses, ni cette couleur ponceau qui annonce
l'orage; il est étincelant et doux. Lentement il émerge d'une
longue nue, resplendit un moment et s'enveloppe d'une vapeur

17

violette. Des veines brillantes et argentées strient le bord
supérieur de la nuée. Mais de nouveau l'astre surgit, des
rayons jaillissent, son disque majestueux s'élève comme porté
au haut de l'espace. Vers midi apparaissent des nuages nombreux, arrondis, gris et or avec une frange blanche ; tels des
îlots parsemant la surface d'un fleuve bleu et limpide ; ils
demeurent presque immobiles... Une pâle teinte lilas colore
uniformément l'horizon pendant toute la journée. Nul signe
avant-coureur d'orage ; parfois seulement des raies bleuâtres
zèbrent perpendiculairement le ciel, et mouillent le sol d'une
pluie à peine visible. Le soir, tous les nuages, un par un,
s'évanouissent ; les derniers, flottants comme de la fumée,
enveloppent de flocons rosés le soleil qui se couche. Un flot
de pourpre marque l'endroit où son disque a disparu, aussi
tranquille qu'à son lever, et persiste quelques instants au-
dessus de la terre que les ténèbres vont couvrir. Encore un peu
de temps, et l'étoile du soir va luire ; elle resplendit et soudain s'éclipse, puis brille de nouveau, pareille à une lumière
déplacée avec précaution. Les plus vives couleurs, par des
journées semblables, perdent leur éclat ; tout s'estompe, tout
prend comme un voile de pudeur. La chaleur est parfois
intense, jusqu'à dégager des champs une buée brûlante ; mais
un coup de vent l'emporte au loin, et sur les terres, sur les
routes, des tourbillons rapides, indices infaillibles de beau
fixe, promènent leurs hautes et blanches colonnes. L'air est
pur ; de toute la campagne monte une senteur d'absinthe, de
seigle fauché et de blé noir. Pas le moindre vestige d'humidité, même une heure après la tombée de la nuit. — C'est le

temps que souhaite le cultivateur, quand le froment est prêt
à couper.

Par une journée pareille, j'étais allé chasser le coq de
bruyère dans le district de Tchern, situé dans le gouvernement de Toula. Ma chasse fut des plus fructueuses, et ma gibe-
cière était si lourde que la courroie m'en meurtrissait l'épaule.
Au crépuscule évanoui l'ombre succédait, de plus en plus
épaisse, rafraîchissant l'atmosphère où vibrait un dernier
reste de clarté, quoique le soleil fût couché. Je résolus de m'en
revenir à la maison. Je traversai d'un pas rapide un guéret
couvert de buissons, et gravis un petit monticule; mais de là,
au lieu de la plaine familière avec sa chêneraie à droite et,
tout au fond, une blanche église de village, ce fut un pays
absolument inconnu qui apparut à mes regards. Une étroite
plaine s'allongeait à mes pieds, et un bois de trembles fort
touffu s'élevait en face de moi, droit comme un mur.

— Hé! hé! pensai-je en cherchant à me reconnaître; ce
n'est pas la direction que je devais prendre. J'ai trop appuyé
sur la droite.

Très ennuyé de ma méprise, je dévalai vivement de l'émi-
nence. L'impression que je ressentis ne fut rien moins qu'a-
gréable, lorsque je respirai un air humide et lourd comme
celui d'une cave, lorsque je posai le pied dans une herbe drue,
haute, toute mouillée, et qui me sembla aussi blanche qu'une
nappe. Je me hâtai d'en sortir et de me diriger vers la
gauche pour longer la tremblaie. Des chauves-souris avaient
déjà commencé leurs mystérieuses évolutions circulaires

autour des cimes d'arbres, et sur le ciel obscurci leur vol
furtif tremblait. Un épervier attardé passa, rapide, très haut
dans l'air, pour regagner son nid.

— A l'autre bout de la plaine, pensai-je, je trouverai sans
doute le chemin, dont je me suis écarté d'une grande verste
pour le moins.

Je finis par atteindre l'extrémité du bois; mais, là non plus,
aucun vestige de route. J'apercevais devant moi une lande
buissonneuse, et loin, bien loin au delà, je ne sais quel désert
aride. Je fis halte de nouveau :

— L'étrange aventure, pensai-je; où suis-je donc?

Je me pris à me remémorer tous les endroits par où j'avais
passé depuis le matin.

— Ah! dis-je tout haut, je me reconnais à présent. Voilà
ici les buissons de Parakinsk, et par là-bas, sans doute, le bois
de Sindeïev. Mais comment ai-je fait pour m'égarer à ce point?
C'est singulier... Il faut que je me dirige de ce côté...

Je pris à droite le long des buissons. Cependant la nuit
s'assombrissait de plus en plus; l'ombre s'étalait de toutes
parts, tombait du ciel dans les vapeurs du soir; un sentier
qui semblait abandonné s'offrit enfin à mes regards. Je le pris
aussitôt et le suivis en marchant avec précaution. L'obscurité
devenait plus profonde, le silence plus absolu; on n'entendait
de temps à autre que les cris des cailles. Un petit oiseau de
nuit faillit heurter contre moi son vol bas et silencieux; il se
jeta, épouvanté, de l'autre côté du sentier.

Les premiers buissons dépassés, je débouchai dans les
champs. J'avais quelque peine à discerner les objets éloignés;

la plaine étalait à mes yeux sa vague blancheur; au delà, les
ténèbres s'accumulaient, de plus en plus proches, de plus en
plus opaques. Mon pas retentissait sourdement, et la tempéra-
ture se refroidissait. Le firmament, blême naguère, prit la
teinte azurée des nuits; et les scintillantes étoiles, une par
une, s'allumèrent.

Ce qui, de loin, m'avait semblé une forêt était un mamelon.

— Où suis-je donc? fis-je tout haut.

Et m'arrêtant pour la troisième fois, j'interrogeai du regard
ma Diane, chienne anglaise au poil blanc et feu. C'était le
plus intelligent des quadrupèdes; mais le plus intelligent des
quadrupèdes ne sut que remuer la queue, cligner les paupières
d'un air las : de conseil, point. Un peu honteux de l'incerti-
tude que je lui marquais, je repartis vivement, comme subitement éclairé sur la direction que je devais prendre.

Le mamelon tourné, j'arrivai dans une ravine peu profonde, aux versants labourés. Un sentiment singulier m'envahit. Cette ravine offrait à peu près la forme d'un chaudron
évasé; le fond en était parsemé de grandes pierres blanches,
qui semblaient avoir rampé jusque-là pour on ne sait quelle
mystérieuse assemblée. Ce paysage morne et silencieux, le
triste ciel qui le dominait, tout m'oppressait le cœur. Le cri
plaintif de quelque petit animal résonna parmi les blocs. Je
gravis précipitamment le flanc du mamelon. Je n'avais point,
jusqu'alors, désespéré de retrouver mon chemin; mais je dus
comprendre enfin que j'étais égaré, et, sans plus chercher à
reconnaître un pays que d'ailleurs les ténèbres enveloppaient,

je marchai au hasard, me guidant sur les étoiles. Je fis de la
sorte une demi-heure de chemin à peu près, non sans me
fatiguer beaucoup. Jamais, me semblait-il, je n'avais rencontré de lieux aussi déserts. Nul bruit autour de moi, nulle
lumière au loin, les collines succédaient aux collines, les
champs aux champs; les buissons surgissaient brusquement,
à me toucher le visage... Après une longue marche, j'allais
enfin, de guerre lasse, m'étendre quelque part pour achever
la nuit, quand je me sentis au bord d'un précipice.

Je n'eus que le temps de retirer mon pied. Puis, je sondai
du regard les ténèbres, à présent un peu moins denses. Une
vaste plaine m'apparut confusément, délimitée par une large
et sinueuse rivière dont on pouvait suivre le cours aux reflets
métalliques que ses vagues, çà et là, projetaient. Découpant
son profil énorme sur le bleu du ciel, la hauteur sur laquelle
je me tenais descendait presque à pic. Sous mes yeux, dans
l'angle que formaient la montagne et la plaine, près du
sombre miroir de la rivière immobile, deux petits feux,
brûlant et fumant assez près l'un de l'autre ; tout autour, des
formes humaines aux mouvements lents, et parfois, brusquement illuminée par le brasier, quelque jeune tête aux cheveux
bouclés.

Maintenant je me reconnaissais; la plaine que j'apercevais
là s'appelait dans le pays la Prairie aux Chevaux. Mais quant
à regagner mon logis de nuit, il n'y fallait pas songer, et ma
fatigue était extrême. Je pris le parti de me diriger vers les
deux feux, et d'attendre l'aube dans la compagnie de ces
hommes qui me faisaient l'effet de bouviers. Je me laissai

glisser sans encombres ; mais j'avais encore dans la main une
des branches auxquelles j'avais dû m'accrocher, lorsque retentirent des aboiements furieux, et deux grands chiens blancs
s'élancèrent contre moi. Des voix sonores éclatèrent près des
feux, et deux ou trois enfants, s'étant levés, m'interpellèrent.
Je me hâtai de leur répondre, et ils accoururent vers moi, en
rappelant leurs chiens que l'apparition inopinée de ma Diane
avait surtout excités.

II

J'allai au-devant d'eux. Ce n'étaient point des bouviers, comme je l'avais pensé, mais simplement de petits paysans d'un village voisin, qui gardaient là un troupeau de chevaux. Chez nous, au gros de l'été, c'est pendant la nuit qu'on mène les chevaux dans les prés; pendant le jour, mouches et taons les harcèleraient sans trêve. C'est pour les enfants une vraie fête de conduire les troupeaux au vert chaque soir et de les ramener chaque matin. Nu-tête, affublés de vieilles lévites, montés sur les plus ardents poulains, ils galopent, crient, agitent les pieds, les mains, rient bruyamment, bondissent et se trémoussent à l'envi dans la poussière jaunâtre qui s'élève sur la route en longue colonne. Ils remplissent les champs de leur joyeux tourbillon. Les chevaux s'élancent, dressant l'oreille; en tête vole, la queue au vent, un roussin aux longs poils, à la crinière entremêlée de chardons...

Je m'accroupis auprès des enfants et leur racontai comment je m'étais perdu. Ils voulurent savoir d'où j'étais; quand ils le surent, ils restèrent silencieux et se mirent un peu à l'écart. Après avoir causé encore un moment avec eux, j'allai m'étendre sous un buisson à peu près entièrement dénudé, et

je regardai les objets environnants. Splendide était le coup
d'œil : les feux s'auréolaient d'un cercle lumineux qui vacillait
sans cesse et perçait les ténèbres ; parfois la flamme s'élevait
et lançait, par delà le cercle, de brèves lueurs, minuscules
langues de feu caressant les branches pour disparaître aussitôt :

parfois des
ombres effi-
lées se pro-
jetaient jusqu'au
bord du brasier :
c'était la lutte de
la lumière et de la nuit. Quand les foyers devenaient moins
éclatants, le cercle lumineux se resserrait, l'ombre gagnait,
et l'on voyait surgir soudain la tête d'un cheval blanc ou
brun, qui, tout en broutant avec avidité les hautes herbes,
nous considérait d'un œil attentif et stupide puis se perdait de
nouveau dans l'obscurité ; mais on l'entendait encore mâcher
et s'ébrouer.

A proximité des feux, on ne pouvait rien discerner dans les
ténèbres environnantes ; mais là-bas, tout au loin, le regard
entrevoyait de longues et confuses taches sombres ; c'étaient

18

des bois et des coteaux. Le firmament, pur et foncé, majestueux et profond, épandait jusqu'à l'infini sa splendeur mystérieuse. On humait avec délices l'air tout imprégné de parfums, — l'air d'une nuit d'été russe. Le silence n'était plus
troublé, à de longs intervalles, que par le bruit d'un gros poisson sautant brusquement hors de l'eau, dans la rivière voisine,
et le balancement des roseaux agités par les vagues. Les
feux brûlaient encore, mais on les entendait à peine pétiller...

Les enfants étaient accroupis autour des brasiers avec les
deux grands chiens qui avaient voulu me mettre en pièces,
et qui, de longtemps, ne purent s'accoutumer à ma présence.
En jetant d'obliques regards sur la flamme, l'œil endormi, ils
grognaient parfois avec le sentiment évident de leur dignité
personnelle, grondaient et semblaient manifester, par de petits
hurlements, leur regret de ne pouvoir satisfaire leur envie.

Quant aux enfants, ils étaient cinq : Fédia, Pavloucha,
Ilioucha, Kostia et Vania. J'appris leurs noms en prêtant
l'oreille à leur entretien ; et je veux sans plus tarder les présenter au lecteur.

Le premier, l'aîné des cinq, Fédia, pouvait avoir quatorze
ans. Solide, les traits un peu trop fins peut-être, mais char-
mants, il avait de longs cheveux bouclés, des yeux clairs, et
un sourire vague et joyeux à la fois ne quittait pas ses lèvres.
Il avait l'air d'appartenir à une famille dans l'aisance et de se
trouver là pour son plaisir plutôt que par nécessité. Il portait
une blouse d'indienne bariolée et bordée de jaune et, sur le
dos, un manteau neuf mal attaché à ses étroites épaules. Au
ceinturon bleu de sa blouse un peigne était suspendu.

C'étaient ses propres bottes qu'il portait à ses pieds, et non point celles de son père, comme il arrive souvent chez nos paysans.

Le second des enfants, Pavloucha, avait une tignasse noire ébouriffée, des yeux gris, des pommettes saillantes, un visage pâle et marqué de petite vérole, une bouche régulière, quoique grande, les membres grêles et dégingandés, avec une tête énorme. Quoiqu'il ne payât pas de mine, il ne laissa pas cependant de me plaire beaucoup, tant son regard annonçait de franchise et d'intelligence, et d'énergie le timbre de sa voix. Nulle élégance en son costume, composé d'une blouse grossière et de culottes rapiécées.

Le troisième, Ilioucha, n'offrait rien de particulier dans sa physionomie. Son nez était crochu ; sa figure longue, endormie, exprimait une inquiétude maladive ; ses lèvres serrées demeuraient immobiles ; ses sourcils rapprochés ne s'écartaient jamais ; ses yeux clignotaient sans répit devant la flamme des brasiers. Ses cheveux, d'un jaune presque blanc, s'échappaient en mèches pointues d'un bonnet de feutre qu'il s'enfonçait à tout moment sur les oreilles. Il avait des *lapti*[1] et des *onoutchi*[2] neufs, et la souquenille de drap noir qu'une grosse corde serrait d'un triple tour contre ses reins était assez propre. Ilioucha, comme Pavloucha, paraissait âgé d'une douzaine d'années.

Le quatrième, Kostia, qui avait environ dix ans, m'intéressa

1. Souliers de tille tressée.
2. Bandes de toile que les paysans russes s'enroulent autour des jambes en guise de chaussettes.

par la mélancolie pensive de son regard. Sa figure maigre, étroite, avec des taches de rousseur, finissait en pointe comme un museau d'écureuil. Ses lèvres étaient si minces qu'on avait peine à les distinguer ; mais ses yeux noirs, grands ouverts, tout brillants d'un éclat humide, impressionnaient étrangement ; on eût dit qu'ils voulaient exprimer quelque chose que les paroles étaient impuissantes à rendre. Petit et frêle, il était vêtu assez pauvrement.

Pour le dernier, Vania, je fus quelque temps sans l'apercevoir : allongé sur le sol, roulé dans une natte grossière, il ne montrait qu'à de rares intervalles sa tête aux boucles d'un châtain clair. A peine s'il touchait à sa septième année.

III

Etendu à quelque distance sous un buisson, je ne quittais pas ces enfants des yeux. Dans un chaudron suspendu au-dessus de l'un des deux feux, des pommes de terre cuisaient, sous la surveillance de Pavloucha qui, agenouillé devant, les remuait, avec un éclat de bois, dans l'eau en ébullition. Fédia était couché sur le sol, appuyé du coude sur son manteau étalé. Ilioucha, allongé aux côtés de Kostia, clignait les paupières avec inquiétude. Kostia, la tête tournée, avait les yeux perdus au loin. Vania, sous sa natte, ne faisait pas un mouvement. Je feignis de m'endormir, et les enfants reprirent peu à peu leur conversation.

Tout d'abord ils s'entretinrent de tout un peu, les travaux du lendemain, les chevaux ; mais bientôt Fédia tourna la tête vers Ilioucha, et revenant sans doute à une conversation que mon arrivée avait suspendue :

— Eh bien, lui dit-il, tu l'as vu, le *domovoï*[1] ?

— Non, je ne l'ai pas vu ; on ne peut pas le voir, répliqua Ilioucha d'une voix faible et chevrotante, dont le timbre

1. Esprit familier du logis.

s'accordait tout à fait avec l'expression de sa physionomie. Je
ne l'ai pas vu, je l'ai entendu, et je ne suis pas le seul.

— Où se tient-il, chez vous ? interrogea Pavloucha.

— Dans la vieille pièce aux cuves.

— Vous travaillez donc à la fabrique de papier ?

— Mais oui. Mon frère Avdiouchka et moi, nous sommes
lisseurs.

— Eh ! eh ! vous voilà donc ouvriers ?

— Et comment l'as-tu entendu ? demanda Fédia.

— Voici comment. Un jour, nous étions ensemble, moi,
mon frère, Fédor de Mikhaievo, Ivan le Louche, et l'autre
Ivan, celui des Belles-Collines, et Ivan la Main-Sèche, et
d'autres garçons, dix en tout, toute l'équipe ; nous eûmes à
passer la nuit dans la salle de lissage, non point par hasard,
mais sur l'invitation du contremaître Nassarov. Il nous dit :
« Enfants, pourquoi vous en iriez-vous à la maison ? Il y a
beaucoup à faire pour demain. Enfants, n'allez donc point
chez vous. » Nous demeurons donc, et nous nous étendons
tous sur le plancher. Et voici qu'Avdiouchka nous dit : « Et si
le domovoï allait arriver, enfants ! » Il parlait encore, que
nous entendons des pas, au-dessus de nos têtes, là-haut, à
côté de la roue. Nous tendons l'oreille : quelqu'un marche,
sous ses pieds les planches plient et craquent ; il passe juste
au-dessus de nous ; et l'eau fait du bruit, et aussi la roue, qui
tourne, tourne, quoique la vanne soit baissée. Qui donc l'avait
relevée pour lâcher l'eau ainsi ? C'est ce que nous nous
demandions, quand la roue, après force tours, s'arrête. Nous
entendons encore des pas, là-haut, *il* descend l'escalier, sans

se presser, en faisant crier les marches. Il arrive à notre porte, il s'arrête; il attend, voilà que les battants s'ouvrent tout grands. Nous étions saisis d'épouvante. Nous regardons au bout d'un moment : rien. Mais voici que nous voyons remuer le tamis d'une cuve; il se dresse, se dresse, se meut en l'air comme si quelqu'un l'agitait, et retombe à sa place. Et à une autre cuve, le crochet se décroche et se remet à son clou ; et après, nous entendons encore quelqu'un près de notre porte, quelqu'un qui se met à tousser, à tousser comme un mouton. C'est la vérité. — Nous nous tassons tous les uns sur les autres... Oh! quelle peur nous avons eue cette nuit-là !

— Vois-tu! dit Pavloucha... Mais qu'avait-il donc à tousser ainsi ?

— Est-ce que je sais? L'humidité, peut-être.

Les enfants restèrent silencieux. Puis :

— Les pommes de terre sont-elles cuites ? demanda Fédia. Pavloucha tâta, et dit :

— Non, pas encore. — Comme il a sauté! fit-il en se tournant du côté de la rivière; c'est quelque brochet... Voilà maintenant une étoile filante.

— Frères, intervint Kostia de sa voix cristalline, écoutez ce que j'ai à vous dire. Ecoutez-moi bien : voici ce que j'ai entendu raconter l'autre jour à mon père.

— Nous t'écoutons, dit Fédia d'un air de protection.

— Vous connaissez Gavrilo, le charpentier du faubourg ?

— Nous le connaissons.

— Savez-vous pourquoi il est si triste et si taciturne? Le

savez-vous? Voici pourquoi. Il s'en était allé une fois, nous
dit le père, cueillir des noisettes au bois. Et voici qu'il
s'égare en cherchant des noisettes. Il arrive Dieu sait où, il
marche, frères, il marche ; mais impossible de retrouver son
chemin, et la nuit tombe déjà. Il s'étend au pied d'un arbre
en se disant : « Je vais attendre ici le matin. » Il s'étend et
s'endort. Il dormait donc, lorsqu'il entend une voix qui l'appelle. Il regarde : rien. Il s'assoupit de nouveau, et de nouveau
il s'entend appeler. Il regarde encore avec plus d'attention ;
et il finit par distinguer, en face de lui, assise sur une branche,
une *roussalka*[1] qui l'appelle en se balançant et en éclatant de
rire... vrai, elle riait. La lune resplendissait, elle éclairait
tout, permettait de tout voir. La roussalka appelle Gravilo,
tout en demeurant sur sa branche, elle, blanche et brillante
comme un beau petit goujon ou un carassin tout écaillé d'argent. Le charpentier était transi d'effroi, tandis que, toujours
en riant, elle lui faisait avec la main signe de venir. Lui était
sur le point de se lever, d'obéir à la roussalka, de s'approcher d'elle ; mais il lui vint sans doute quelque inspiration
d'en haut : il se signa. Avec quelle difficulté, frères ! Il sentait
sa main comme de pierre, dit-il lui-même. Impossible de la
remuer... Qu'en pensez-vous ? Et à peine se fut-il signé, que
la belle roussalka, cessant de rire, fond en larmes... Elle fond
en larmes, frères, elle s'essuie avec ses cheveux, lesquels
étaient verts, verts comme du chanvre. Alors Gavrilo la
regarde longtemps, puis :

1. Fée des bois et des fleuves.

— « Pourquoi, esprit des bois, lui demande-t-il, pourquoi pleurer ainsi ? »

« Et la roussalka lui répond :

— « Tu n'eusses point dû point faire le signe de la croix, homme ; tu aurais vécu dans la joie en ma compagnie jusqu'à la fin des temps, et moi je ne pleurerais pas, je ne me chagrinerais pas ; mais toi aussi tu souffriras, comme moi, jusqu'à la fin des temps. »

« Après avoir dit ces paroles, frères, elle s'évanouit ; et quant à Gavrilo, il se rappela aussitôt quel chemin pouvait le mener hors du bois... Mais c'est de ce moment-là qu'il est si triste.

— Vois-tu ? dit Fédia, après un silence. Mais comment une pareille horreur a-t-elle pu corrompre l'âme d'un chrétien, car enfin il ne l'a pas écoutée ?

— Je n'en sais rien, répondit Kostia... Et Gavrilo assure que la voix de la roussalka était perlée et plaintive... comme celle d'une rainette.

— Est-ce ton père lui-même qui a raconté toute cette histoire ? demanda Fédia.

— C'est lui. J'étais couché sous la soupente, et j'ai tout entendu.

— C'est étrange. Pourquoi cette tristesse ?... Sans doute qu'il lui plaisait, puisqu'elle l'appelait.

— Oui, vraiment, il lui plaisait, intervint Ilioucha. Elle voulait le chatouiller jusqu'à le faire mourir, — voilà tout. C'est l'habitude des roussalkas.

— Mais, dit Fédia, il doit y en avoir ici même, des roussalkas ?

19

— Non, répondit Kostia, c'est trop découvert, ici... Mais la rivière n'est pas éloignée...

Ils demeurèrent silencieux. Tout à coup retentit dans le lointain un son strident, prolongé, comme une plainte, un de ces sons incompréhensibles qui, parfois, la nuit, naissent du silence même, prennent corps, planent dans l'air, se propagent et meurent. Tu écoutes ; le son est insaisissable, mais réel. On eût dit d'un long cri poussé à l'horizon, un cri auquel, dans le bois, quelqu'un aurait répondu par un grêle éclat de rire ; et sur la rivière un léger sifflement courut.

Les enfants se regardèrent épouvantés.

— Que le ciel nous garde ! murmura Ilioucha.

— Hé ! corbeaux, vous avez peur ? s'écria Pavloucha... Regardez, les pommes de terre sont cuites.

Ils se pressèrent autour du chaudron et se jetèrent sur les pommes de terre fumantes. Seul, Vania resta immobile dans sa natte.

— Eh bien ! et toi ? lui cria Pavloucha.

Mais Vania ne bougea point. Le chaudron fut vidé en un clin d'œil.

— Est-ce que vous avez appris, dit Ilioucha, ce qui s'est passé l'autre jour chez nous, à Varnavitsi ?

— A la digue ? interrogea Fédia.

— Oui, oui, à la digue qui a été emportée. Le vilain, le mauvais endroit ! tout sillonné de creux, de ravins, de ces ravins qui sont infestés de serpents.

— Eh bien ! dis-nous ce qui s'est passé là.

— Le voici. Tu ne sais peut-être pas, Fédia, qu'un noyé a

été enterré là, un homme qui s'était noyé, voilà bien longtemps, l'étang était encore profond. Sa tombe s'aperçoit toujours, mais à peine ; ce n'est plus guère qu'une bosse de terrain. — Donc, tout dernièrement, l'intendant mande le piqueur
Hermil : « Va-t'en à la poste, » lui dit-il. C'est toujours le
piqueur Hermil qu'on charge d'aller à la poste, chez nous.
Tous ses chiens, il les a laissés mourir ; ils n'ont jamais pu
vivre chez lui, Dieu sait pourquoi, et on le dit cependant bon
piqueur. Il s'en va donc à la poste. Il s'attarde à la ville, et,
au retour, il était quelque peu gris. La nuit était claire,
car la lune était pleine. Il arriva à la digue, que le chemin
qu'il avait pris l'obligeait de traverser. Il s'approche, et
qu'est-ce qu'il voit sur la tombe du noyé ? un petit mouton
blanc, frisé, joli au possible qui marchait. Et Hermil se dit :
— « Je vais l'emporter ; à quoi bon le laisser perdre ? » Il met
pied à terre et prend dans ses bras le moutonnet qui se laisse
faire. Hermil revient à son cheval, lequel renâcle et secoue la
tête ; mais le piqueur l'apaise, le monte, et le voilà reparti
avec l'animal devant lui. Hermil regarde le mouton, le mouton regarde Hermil : ce qui commence à inquiéter le piqueur.
« Je ne savais pas, se dit-il, que les moutons regardaient les
gens en face, dans les yeux. » Mais il ne tarde pas à se rassu-
rer et à caresser de sa main le dos de l'animal, en faisant :
« Biacha ! Biacha ! » comme on fait d'habitude aux agneaux.
Et voici que le mouton montre les dents, prononce les mêmes
mots : « Biacha ! Biacha ! »

L'enfant avait à peine achevé ces paroles, que les deux
chiens se levèrent en même temps, s'élancèrent en aboyant

convulsivement et disparurent dans la nuit. Les enfants prirent
peur : et tandis que Vania se dégageait de sa natte, Pavlôucha
partit en criant à la suite des chiens dont les aboiements
résonnaient de plus en plus lointains. Bientôt, ce fut un bruit
de piétinements, le galop inquiet du troupeau de chevaux.

Pavloucha criait de plus belle à ses chiens :

— Hé ! le Gris ! Hé ! le Hanneton !

Un moment après, les aboiements ne s'entendaient plus, et
les cris de Pavloucha se perdaient dans l'éloignement. Quelques instants s'écoulèrent encore ; les enfants échangeaient des
regards étonnés, dans l'inquiétude de ce qui allait se passer. Brusquement un bruit de galop retentit ; un cheval s'arrêta net près des foyers, et Pavloucha, empoignant la crinière,
sauta vivement sur le sol. Les deux chiens vinrent s'étendre,
eux aussi, dans le rayon lumineux, en faisant pendre hors de
la gueule leur langue rouge.

— Qu'y avait-il donc ? demandèrent les enfants.

— Rien, répondit Pavloucha, qui chassa le cheval de la
main ; les chiens avaient senti je ne sais quoi ; je croyais que
c'était un loup, ajouta-t-il d'un air d'indifférence, mais en
haletant.

Ce Pavloucha m'avait séduit. En ce moment, il était
superbe. Son visage n'était pas beau ; mais animé par une
course à fond de train, il exprimait la hardiesse et la résolution. Sans même s'armer d'un bâton, il avait sans hésiter
couru au loup, tout seul, dans la nuit. Et je me disais, en le
regardant:

— « Le brave gars ! »

— Et y en avait-il, des loups ! demanda le timoré Kostia.

— On en trouve toujours beaucoup, par ici, répondit Pavloucha, mais ils ne sont à redouter qu'en hiver.

Et il revint s'accroupir auprès des brasiers. En s'arrangeant par terre, il laissa tomber sa main sur le dos velu de l'un des chiens qui, flatté de cette caresse, ne tourna point la tête, mais coula de côté sur Pavloucha un regard tout empreint d'orgueil et de bonheur.

Le petit Vania se blottit de nouveau sous sa natte.

— Quelle terrible aventure nous contais-tu, Ilioucha ? dit Fédia qui, en sa qualité de fils de riche paysan, interpellait volontiers les autres, tout en causant fort peu lui-même, comme pour sauvegarder sa dignité ; que nous disais-tu, quand le diable a poussé les chiens à aboyer ? J'ai effectivement ouï dire que vous aviez chez vous un endroit mal famé.

— Varnavitsi ? Certes ! On assure que l'ancien maître y revient.... le défunt. Il erre, dit-on, en long caftan, soupirant et cherchant on ne sait quoi. Une nuit, le père Trophime, l'ayant rencontré, lui dit : — « Que cherches-tu là, père Ivan Ivanitch ?

— Il lui a demandé cela ? fit avec surprise Fédia.

— Oui.

— Eh bien ? Trophime est un rude luron... Et l'autre, qu'est-ce qu'il a répondu ?

— « Je cherche l'herbe qui fend, dit-il d'une voix creuse, l'herbe qui fend. »

« — Et quel besoin as-tu de cette herbe, père Ivan Ivanitch ?

« — J'étouffe, la terre m'étouffe, Trophime... Oh ! comme j'ai envie d'en sortir ! »

— Vois-tu ? observa Fédia. Il n'avait pas assez vécu, sans doute.

— C'est étrange ! dit Kostia ; je croyais que les morts ne se montraient que le samedi de la Commémoration.

— On peut les voir à toute heure... opina Ilioucha d'un ton assuré.

C'était celui des cinq enfants qui, à ce que je pus reconnaître, savait le mieux les traditions populaires.

— ... On peut voir les morts à toute heure, mais, le samedi de la Commémoration, on peut voir des vivants aussi, c'est-à-dire ceux qui sont destinés à mourir dans l'année. Tu n'as qu'à t'asseoir sur le perron de l'église et tenir les yeux sur la route, pour voir passer ceux qui mourront dans l'année. L'an dernier, la vieille Juliana est allée s'asseoir sur le perron...

— Et est-ce qu'elle a vu quelqu'un ? demanda vivement Kostia.

— Certes ! D'abord, elle ne voyait ni n'entendait personne, — rien qu'un hurlement de chien, bien loin, de temps à autre. Et comme elle regardait depuis longtemps, voilà qu'un enfant en blouse passe sur le chemin. Elle regarde avec plus d'attention, et reconnaît Ivachka Fédocéïev.

— Celui qui est mort ce printemps ? interrogea Fédia.

— Lui-même. Il marchait sans lever la tête. Mais Juliana l'a bien reconnu. Elle continue à regarder, et voit venir une paysanne. Elle se met à l'examiner, et qui reconnaît-elle ? Elle-même, oui, c'était Juliana elle-même qui s'avançait !

— Vraiment ? demanda Fédia.

— Aussi vrai que nous sommes ici, elle-même !

— Eh bien ! mais elle n'est pas morte, pourtant.

— L'année n'est pas encore révolue ; mais vois-la, à quoi tient son âme ?

Il se fit un nouveau silence. Pavloucha jeta dans le brasier une brassée de brindilles sèches, qui noircirent sous l'action de la flamme subitement ravivée, fumèrent, pétillèrent et se tordirent, consumées. La lueur des foyers se projeta de tous côtés et monta, vacillante, dans les airs. Un pigeon, venu Dieu sait d'où, vint tournoyer un moment dans le rayonnement lumineux, puis s'éloigna à tire-d'aile.

— Il se sera égaré, observa Pavloucha. Il volera maintenant jusqu'au premier abri venu, où il attendra le jour en dormant.

— Dis-moi, Pavloucha... dit Kostia, n'est-ce point l'âme d'un juste qui a pris son essor vers le ciel ?

Pavloucha lança dans le feu une autre brassée de bois sec.

— Peut-être, répondit-il.

— Pavloucha, dis-moi, reprit Fédia, avez-vous aussi vu, à Kalakov, le phénomène céleste ?

— Quand le soleil a disparu ? Mais oui.

— Je suis sûr que vous avez été effrayés.

— Nous n'avons pas été les seuls. Notre maître lui-même, qui nous avait par avance annoncé la chose, a eu une belle peur quand l'obscurité s'est produite... Et dans l'isba des domestiques, la cuisinière, en voyant le phénomène, se mit à briser, à coups de fourgon, tous les pots qui se trouvaient

dans le poêle. — « Qui donc a besoin de manger, à présent ?
dit-elle ; la fin du monde est arrivée. » Et la soupe aux choux
de se répandre partout. Et chez nous, frère, dans notre village, que ne disait-on pas ! Des loups blancs devaient bientôt
couvrir la terre et dévorer les hommes ; des oiseaux de proie
fondraient sur eux ; Trichka en personne allait arriver.

— Qu'est-ce que Trichka ? interrogea Kostia.

— Tu ne sais pas ? s'écria vivement Ilioucha. De quel trou
es-tu donc, frère, pour ne point connaître Trichka ? Quels
butors vous êtes, dans votre village !... Trichka ! Mais c'est
un homme étrange qui doit venir sûrement, un homme si
étrange qu'on ne pourra ni le saisir, ni lui rien faire ; les
paysans, par exemple, voudront s'emparer de lui ; mais ils
auront beau marcher contre lui avec des bâtons et l'enve-
lopper ; lui, il leur brouillera les yeux à tous, et les fera
s'égorger les uns les autres. Je suppose encore qu'on le mette
en prison ; il demande un peu d'eau à boire, on lui sert une
tasse, et voilà qu'il plonge dans la tasse, et va chercher ! Qu'on
le charge de chaînes, il n'aura qu'à remuer les mains pour se
délivrer de ses fers. Ce Trichka-là ira dans toutes les villes et
bourgades, et ce sera un fin matois ; il trompera le bon peuple,
et l'on ne pourra rien contre lui. Ce sera un homme bien
étrange et bien rusé, certes !

— Oui, reprit Pavloucha d'une voix tranquille, c'est bien
cela. C'est lui dont on annonçait la venue chez nous. Les
vieilles gens disaient que Trichka apparaîtrait aussitôt que le
phénomène céleste commencerait à se produire. Le phénomène commence à se produire ; tous sortent, dans l'attente

de ce qui va se passer; le terrain est découvert, chez nous.
Chacun regarde, regarde : de la montagne arrive un homme
singulier, avec une figure extraordinaire... Et tous s'écrient :
« Ohé! ohé! c'est Trichka! c'est lui! le voilà! » Puis tout le
monde se sauve. Notre staroste[1] dégringole dans le fossé, sa
femme se glisse à quatre pattes sous sa porte cochère, poussant des cris terribles, effrayant si fort son chien de garde
qu'il casse sa chaîne et s'enfuit dans le bois par-dessus la haie
de l'enclos; le père Kouska Eroféïtch se réfugie dans les
avoines, où, s'accroupissant, il se met à contrefaire la caille.
— « Peut-être que le tueur d'âmes respectera au moins les
oiseaux, » pensait-il. Chacun avait tiré de son côté. Eh bien!
l'homme qui s'avançait était tout simplement notre tonnelier
Vavil, qui, ayant fait emplette d'un broc neuf, s'en était
coiffé.

Les enfants éclatèrent de rire, puis ils se turent encore,
comme on fait quand on cause en plein air. Je portai mes
regards autour de moi : le temps était splendide; l'humidité
du soir avait fait place à la chaleur sèche du milieu de la nuit,
épandue encore pour longtemps sur la campagne endormie ;
quelques heures nous séparaient des premières rumeurs du
jour, des premières gouttes de rosée. La lune n'était pas
levée encore. Les étoiles d'or étincelaient par milliers, lentement emportées, semblait-il, vers la voie lactée; à les considérer longtemps, on s'imaginait sentir le mouvement continu,
rapide, qui fait tourner la terre... Un cri singulier, douloureux,

---

1. Représentant des paysans, élu par eux.

se fit entendre deux fois de suite au-dessus de la rivière, et, au
bout d'un instant, retentit un peu plus loin.

— Qu'est-ce donc? dit Kostia en frissonnant.

— Le cri d'un héron, répondit tranquillement Pavloucha.

— D'un héron? insista Kostia... Et qu'ai-je entendu hier
soir, Pavloucha? poursuivit-il après un silence. Peut-être le
sais-tu?

— Qu'as-tu donc entendu?

— Voici ce que j'ai entendu. Je cheminais de Kamennoïgrad
à Katchkino. Après avoir longé notre coudraie, je m'engageai
dans le ravin, là où il tourne court, tu sais? près d'un creux
rempli d'eau et bordé de roseaux. Je marchais le long de ce
creux, lorsque j'entends quelqu'un pousser des soupirs, des
soupirs d'une tristesse! Ou-ou-ou-ou!... J'ai eu peur, frères,
il était si tard, et la voix était si lamentable! J'en avais
moi-même les larmes aux yeux. Dis-moi ce que cela pouvait
être.

— Dans ce creux, l'an dernier, des malfaiteurs noyèrent le
garde-chasse Akim, dit Pavloucha. Peut-être est-ce son âme
qui se plaint.

— Peut-être, en effet, dit Kostia, en ouvrant davantage
encore ses grands yeux. J'ignorais que le garde Akim eût été
noyé dans ce creux ; mon effroi en eût été accru.

— On raconte aussi qu'il existe de petites grenouilles dont
le cri semble une plainte humaine, poursuivit Pavloucha.

— Des grenouilles? Que non pas, ce n'était pas une gre-
nouille.

De nouveau le cri du héron retentit sur la rivière.

— Hé ! hé ! dit malgré lui Kostia, c'est comme le cri du *léchi* [1].

— Le léchi n'a pas de cri ; il est muet, dit Ilioucha. Il bat seulement des mains et fait claquer sa langue.

— Tu l'as donc vu ? demanda Fédia d'un ton railleur.

— Moi, non, et le ciel m'en garde ; mais il y en a qui l'ont vu. Dernièrement, il a poussé un moujik dans le bois, lui faisant faire le tour du même pré cent fois. L'homme a eu toutes les peines du monde à rentrer chez lui au jour.

— Est-ce qu'il l'a vu ?

— Certainement. Suivant lui, le léchi est très grand, foncé, toujours tapi derrière un arbre, difficile à distinguer, car il semble éviter la clarté de la lune ; et il vous regarde de ses gros yeux, en clignotant.

— Oh ! pfou !... s'écria Fédia en haussant ses épaules.

— Mais comment une pareille horreur a-t-elle pu se propager sur la terre ? observa Pavloucha, voilà qui me semble étrange.

— Ne l'injurie pas, prends garde, il pourrait t'entendre, dit Ilioucha.

Après un silence :

— Voyez donc, frères ! s'écria soudain la voix enfantine de Vania. Voyez les étoiles, là-haut, elles s'agitent comme un vol d'abeilles.

Et sortant son frais minois de dessous sa natte, il se tenait appuyé sur le coude, ses grands yeux levés au ciel. Les autres

1. Esprit des bois.

l'imitèrent et demeurèrent ainsi pendant quelques instants.

— Dis-moi, Vania, lui dit affectueusement Fédia ; ta sœur Aniouchka est-elle en bonne santé ?

— Oui, répondit Vania en zézayant un peu.

— Pourquoi ne vient-elle pas nous voir ? Demande-le-lui.

— Je ne sais pas.

— Dis-lui donc de venir.

— Je le lui dirai.

— Dis-lui que je lui donnerai quelque chose.

— Et à moi aussi ?

— Oui.

Vania poussa un soupir.

— Non, pas à moi. Mais à elle, oui. Elle est si bonne ma sœur, ajouta Vania, qui laissa retomber sa tête sur le sol.

Pavloucha, s'étant mis debout, saisit le chaudron vide.

— Où vas-tu donc ? lui demanda Fédia.

— Puiser de l'eau à la rivière. J'ai soif.

Les chiens se levèrent pour accompagner Pavloucha.

— Prends garde de tomber dans l'eau, lui cria Ilioucha.

— Pourquoi tomberait-il ? dit Fédia. Il fera attention.

— Il fera attention ? c'est bientôt dit. Un malheur est si vite arrivé. Tandis qu'il sera baissé pour prendre de l'eau, le *vodianoi*[1] pourrait lui saisir la main et le tirer à lui. Et puis l'on viendra dire : « Il est tombé dans la rivière, le pauvret. » Tombé... tombé... d'une singulière façon... Il vient de pénétrer dans les roseaux, entendez-vous, dit-il, l'oreille aux écoutes.

—————————

1. Esprit des eaux.

Un bruit sourd montait en effet des roseaux.

— Est-il vrai, interrogea Kostia, qu'Akoulina la folle est ainsi depuis qu'elle est restée quelque temps sous l'eau ?

— Oui... ce qu'elle est devenue, à présent ! Et l'on dit qu'elle était belle auparavant. C'est le vadionoï qui l'a abîmée. Il ne pensait pas, bien sûr, qu'on la retirerait si vite ; mais il l'a pourtant défigurée chez lui, au fond de l'eau.

Je connaissais moi-même cette Akoulina, que j'avais souvent rencontrée, en haillons, maigre à faire peur, la figure noire comme du charbon, les yeux vitreux, les dents saillantes ; piétinant durant des heures entières au même endroit sur le grand chemin, tenant ses mains osseuses contre sa poitrine, et se balançant alternativement sur l'un et l'autre pied, comme un fauve en cage ; incapable de rien comprendre, et poussant, de temps à autre, un éclat de rire convulsif.

— Et Vacia, t'en souviens-tu ? demanda Kostia tout triste.

— Quel Vacia ? dit Fédia.

— Celui qui s'est noyé, dans cette même rivière, répondit Kostia. Oh ! le charmant enfant ! Et comme Féklista, sa mère, le chérissait ! Elle avait, à ce qu'on assure, le pressentiment du malheur qui l'attendait sur l'eau. Toutes les fois que Vacia nous accompagnait au bain, en été, sa mère tremblait. Alors que les autres femmes passaient tranquillement avec leurs seaux, sans rien dire, Féklista, posant le sien par terre, criait à son Vacia : — « Reviens, reviens, mon petit soleil ; sors de l'eau, mon petit agneau ! » Comment il s'est noyé, Dieu le sait. Il se trouvait sur le bord, à jouer, non loin de sa mère, occupée à retourner les foins. Tout à coup, elle entend comme un

bouillonnement à la surface de l'eau ; elle regarde, plus rien
que le petit bonnet de Vacia flottant à la dérive... C'est depuis
que Féklista a perdu la tête, elle vient sur le point du rivage
où il s'est noyé et s'y couche ; elle s'y couche, frères, et reste
là, chantant la chanson que chantait Vacia, et pleurant à
chaudes larmes, et maudissant Dieu.

— Voici Pavloucha, dit Fédia.

Pavloucha revenait de la rivière en tenant le chaudron
plein d'eau ; il s'assit auprès du feu et, après un silence, il dit :

— Frères, savez-vous... une chose mauvaise...

— Quoi ? quoi ? demanda vivement Kostia.

— Comme je me tenais penché au-dessus de l'eau, j'entends
monter du fond la voix de Vacia. — « Pavloucha ! eh ! Pavloucha ! viens ici ! » J'ai eu quelque méfiance, mais j'ai puisé de
l'eau tout de même.

— Oh ! Seigneur ! Seigneur ! dirent en se signant les quatre
enfants.

— C'est le vodianoï qui appelait Pavloucha, dit Fédia...
Et c'est de Vacia que nous parlions précisément !

— Mauvais signe... mauvais signe, fit Ilioucha d'une voix
altérée.

— Bah ! dit Pavloucha d'un ton décidé, ce n'est rien. On
n'évite pas son destin.

Les enfants se turent. On voyait aisément que les paroles
de Pavloucha les avaient profondément émus. Ils ne tardèrent
pas à s'étendre autour des foyers, comme pour dormir.

— Qu'est-ce qu'on entend ? interrogea soudain Kostia en
levant les yeux.

— Des courlis, dit Pavloucha après avoir écouté; un vol de courlis qui passent en sifflant.

— Où s'en vont-ils?

— Dans les pays où il n'y a, dit-on, pas d'hiver.

— Il y a donc des pays pareils?

— Oui.

— Loin d'ici?

— Loin, bien loin, par delà les mers chaudes.

Kostia soupira et ferma les paupières.

IV

Depuis plus de trois heures j'étais près de ces enfants. La
une parut : je ne m'en aperçus point tout d'abord, si mince
en était le croissant. Mais cette nuit sans clair de lune n'en
était pas moins splendide en sa majesté... Beaucoup d'étoiles,
au zénith, quelques heures avant, s'étaient inclinées vers la
ligne foncée de l'horizon : le silence qui se fait vers le matin
enveloppait toutes choses, endormies de l'immobile, du profond sommeil qui précède l'aurore. L'air n'était plus si saturé
de parfums ; l'humidité de nouveau l'envahissait... Les nuits
d'été ne sont pas longues. La causerie des enfants tomba avec
les feux ; les chiens s'assoupirent, et les chevaux eux-mêmes,
autant que la faible clarté des étoiles me permit de le distinguer, s'étaient endormis, la tête allongée sur le sol. Insensi-
blement je perdis la notion des choses, et le sommeil ferma
mes yeux.

Un souffle frais passa sur ma face, j'ouvris les paupières :
le jour commençait à poindre. Ce n'était pas l'aurore encore,
mais, vers l'est, le ciel blanchissait. Les choses devenaient
moins confuses, se précisaient peu à peu. Au ciel grisâtre la
clarté montait, et le froid et le bleu ; les étoiles lançaient leurs

dernières lueurs avant de disparaître. L'humidité imprégnait
le sol, mouillait les feuilles. Çà et là, des sons, des voix s'entendaient et la brise du matin passa, errante, caressant la
terre. Tout mon être l'accueillit d'un frisson de joie. Vivement je me mis debout et m'avançai vers les enfants couchés

près des foyers éteints : ils étaient profondément endormis.
Seul, Pavloucha, s'étant soulevé un peu, me regarda.

Après l'avoir salué d'une inclinaison de tête, je revins chez
moi par le bord de la rivière qu'une vapeur, à cette heure,
couvrait. Je n'avais pas marché deux verstes que devant moi
les prés à l'infini, les coteaux verdoyants, et derrière moi la
route blanche, les buissons tout brillants, la rivière bleue
doucement à travers la buée, — le paysage entier se colora

successivement, aux chauds rayons levants, de rose, puis de
rouge, puis d'or. Tout se réveillait, tout s'agitait, tout
chantait; les grosses gouttes de rosée s'irisaient, semblaient
autant de diamants; dans le lointain, une cloche tinta, dont
le vent m'apportait les sons limpides et comme imprégnés de
fraîcheur matinale. Et comme j'écoutai, défila au galop devant
moi, mené par les enfants que je venais de quitter, le troupeau de chevaux qui avait passé la nuit dans le pré...

J'ai le regret d'ajouter que Pavloucha mourut dans le courant de l'année, mais non point noyé; il se tua en tombant
de cheval. C'est dommage : un si brave enfant !

LES CHANTEURS

LES CHANTEURS

I

Le petit village de Kolotovka, qui appartient à un Allemand
de Pétersbourg, était autrefois la propriété d'une bârinia que
l'on avait surnommée *La Tondeuse*, à cause de son avidité.

Ce village est fort pittoresquement situé. Bâti sur une aride
colline, sa principale rue est traversée dans toute sa longueur
par une profonde ravine, — dont les versants sont souvent
sillonnés par les eaux. Cette ravine empêche toute communi-
cation entre les isbas disséminées sur ses bords, sans même —

comme sur une rivière — un pont pour la traverser. De maigres
touffes de saules semblent se cramponner aux flancs sablon-
neux du torrent, dont le fond desséché et argileux est couvert d'énormes blocs de pierre. Malgré ce triste aspect, le
chemin qui conduit à Kolotovka est bien connu des paysans
des environs qui s'y rendent assez souvent.

Au haut de la ravine, là où elle est le plus resserrée, on
voit à quelque distance du village une petite isba. Une cheminée perce son toit de chaume et une fenêtre l'éclaire du côté
du ravin. La lumière qui y brille par les soirs d'hiver se voit
de très loin et apparaît comme une petite étoile au paysan à
qui elle sert de guide pour se diriger quand, par les fortes
gelées, il s'élève de terre des vapeurs blanchâtres. Au-dessus
de la porte, une petite planche peinte en bleu. Cette isba n'est
autre chose qu'un cabaret, le plus achalandé du pays, grâce
à son propriétaire — bien que la vodka[1] s'y débite probablement au même prix qu'ailleurs.

Le cabaretier Nikolaï Ivanovitch habite Kolotovka depuis
vingt ans au moins; c'était alors un solide gaillard, aux joues
vermeilles. Maintenant son visage est ridé, ses cheveux ont
blanchi, ses traits s'empâtent de graisse et son embonpoint
est énorme. Ses yeux au regard fin ont une expression de
bonté. Nikolaï Ivanovitch est un homme avisé, qui sait attirer
la clientèle sans se mettre en frais. Assis au comptoir, il sur-
veille d'un œil vigilant les buveurs attablés dans la salle.
Nikolaï est un homme de bon sens, capable de donner d'excel-

1. Eau-de-vie.

lents avis, car il est entendu en tout ce qui intéresse le moujik :
le bétail, les chevaux, le bois, les briques, la vaisselle, les
cuirs, les indiennes, les chansons et les danses. Nul ne sait
mieux que lui les affaires des seigneurs, des marchands et des
moujiks ; mais un fond d'égoïsme et de prudence retient sa
langue, et lorsqu'il veut bien donner un conseil, ce n'est que
d'une manière détournée et indifférente.

Quand la salle est vide, il reste accroupi devant sa porte,
ses petites jambes croisées sous lui, trouvant un mot aimable
pour chaque passant. Il a appris bien des choses depuis qu'il
habite Kolotovka; aussi pourrait-il en remontrer au stanovoï[1]
lui-même ; mais il sait ce que vaut le silence et sourit discrè-
tement en portant ses verres. Les habitants du pays lui témoi-
gnent de la déférence. Le plus haut dignitaire du district,
M. Chtérépétenko, ne manque jamais de le saluer avec bien-
veillance. Nicolaï Ivanovitch est une autorité dans le pays. Il
a obligé un voleur de chevaux à rendre une bête qu'il avait
dérobée dans la cour d'un moujik, et mis à la raison les
paysans d'un village voisin qui ne voulaient pas accepter un
nouvel intendant.

D'ailleurs, ce n'est point par dévouement pour son semblable qu'il agit ainsi, mais dans son propre intérêt : il pré-
vient ce qui pourrait déranger sa quiétude.

Nikolaï Ivanovitch est marié et père de famille ; sa femme,
une commère aux yeux vifs, au nez pointu, a pris de l'embonpoint avec les années. Elle possède la confiance de son mari

---

1. Magistrat chargé de la police.

qui lui abandonne toutes les clefs de la maison. Elle n'aime pas les ivrognes bruyants, qui font beaucoup de tapage et peu de dépense, et ceux-ci la craignent. Elle leur préfère les buveurs tristes et silencieux. Les enfants de Nicolaï Ivanovitch sont tout jeunes et leurs petits museaux respirent la joie et la santé.

Un jour du mois de juillet, je côtoyais le ravin, suivi de mon chien. Je marchais lentement, car la chaleur était étouffante et le soleil de midi redoublait d'ardeur. Les corbeaux et les corneilles, le bec entr'ouvert, semblaient implorer le passant ; seuls, les moineaux gardaient toute leur vivacité et se poursuivaient en bandes dans les vertes chènevières. J'avais très soif. Pas de puits dans les environs, les habitants de Kolotovka, comme ceux de la plupart des villages, se contentant de l'eau bourbeuse de l'étang voisin.

Je me décidai donc à aller prendre un verre de bière ou de cidre chez Nikolaï Ivanovitch.

Et il commença un chant russe, plein de mélancolie (p. 183).

22

II

Je crois avoir déjà dit que l'aspect du village de Kolotovka
n'avait rien d'attrayant, mais ce jour-là, par ce brillant
soleil, il paraissait encore plus triste, avec ses toits de chaume
à moitié pourris, sa place où errent quelques maigres poules,
les ruines de l'ancienne maison seigneuriale envahies par les
orties et les bourianes[1], son étang noirâtre et fétide où flottent
des plumes d'oie, bordé de boue à demi desséchée. Sur la
berge, près d'une digue écroulée, un troupeau de moutons
semblait attendre, tête basse, la fin de la chaleur.

J'approchais du cabaret de Nikolaï Ivanovitch ; les enfants,
sur mon passage, me regardaient avec stupéfaction, pendant
que les chiens aboyaient à perdre haleine. Sur la porte du
cabaret se montra tout à coup un moujik de haute taille, la
figure creuse, le front ridé et à demi caché par une épaisse
chevelure grisonnante. Son costume, composé d'un caftan
serré à la taille par une ceinture bleue, indiquait un laquais.
La manière dont il appelait quelqu'un, ses gestes désordonnés
prouvaient qu'il avait bu outre mesure.

1. Hautes herbes qui poussent dans les steppes du sud de la Russie.

— Holà ! Morgatch, criait-il en fronçant ses épais sourcils, arrive donc, arrive, on t'attend ici, et toi tu te traînes, frère ; arrive !

— Me voici, me voici ! répondit d'une voix grêle un petit homme boiteux, qui arrivait par la droite de l'isba.

Il était vêtu d'une tunique de drap dont une manche flottait ; son bonnet pointu lui couvrait presque entièrement le front et lui donnait un air malicieux ; ses petits yeux jaunes étaient d'une mobilité extraordinaire, ses lèvres souriaient perpétuellement, et son long nez pointu s'avançait en proue de navire.

— Me voici, répéta-t-il, que me veux-tu ? qui m'attend là ?

— Qui t'attend ? répondit l'homme au caftan d'un air de reproche ; — on t'appelle au cabaret et tu demandes pourquoi ? Que tu es drôle, Morgatch ! Il y a Iachka le Turc, Diki-Bârine, l'entrepreneur de Jisdra, de bonnes gens, tu vois ; ils ont parié un quart de bière pour celui qui chantera le mieux. Comprends-tu ?

— Iachka va chanter ? demanda Morgatch avec vivacité. Dis-tu vrai, Obaldouï, ou te moques-tu de moi ?

— C'est la vérité, répondit Obaldouï d'un air digne, et toi tu ne sais ce que tu dis. Pourquoi ne chanterait-il pas, bête à bon Dieu, imbécile que tu es, puisque c'est un pari ?

— Alors, entrons vite, camarade, dit Morgatch.

— Eh bien ! embrasse-moi, mon petit père, reprit Obaldouï en ouvrant les bras.

— Laisse-moi passer, ivrogne que tu es, répondit Morgatch d'un air de dédain.

Et, s'étant un peu baissés, ils entrèrent tous deux dans le cabaret.

J'avais déjà entendu parler de Iachka le Turc comme du plus fort chanteur du pays ; aussi, très curieux de l'entendre lutter avec d'autres, je me hâtai d'entrer dans la salle.

Peut-être, ami lecteur, n'avez-vous jamais pénétré dans un cabaret de village, tandis que nous autres chasseurs nous les connaissons à peu près tous? L'arrangement n'en est pas compliqué. D'abord une petite antichambre, puis une salle partagée en deux par une cloison. Une large ouverture est pratiquée dans cette cloison et masquée en partie par une large table de chêne qui figure le comptoir. Derrière cette table trône le cabaretier, et c'est de là qu'il débite sa marchandise. Sur des rayons sont alignés des flacons cachetés. La salle occupée par les buveurs est meublée de plusieurs bancs autour d'une table et de quelques tonneaux vides. Les cabarets sont souvent assez sombres pour qu'on n'y distingue pas les images enluminées qui ornent les murs de toute isba russe.

Je trouvai dans le cabaret nombreuse compagnie. Nikolaï Ivanovitch, installé devant son comptoir, masquait presque toute l'ouverture que j'ai décrite plus haut. Vêtu d'une blouse d'indienne, il versait nonchalamment deux verres de vodka à Morgatch et à son ami Obaldouï. Près de la fenêtre, on voyait luire les yeux de sa femme. Au milieu de la salle se tenait Iachka le Turc. C'était un homme d'à peu près vingt-cinq ans, grand et mince ; il était vêtu d'une longue tunique bleue et avait l'air d'un ouvrier.

Il ne semblait point doué d'une constitution forte, mais à l'expression de sa physionomie mobile et passionnée on devinait un tempérament ardent et impressionnable. Son émotion paraissait grande, car il était oppressé, ses mains tremblaient et il fermait les yeux involontairement. Il était en effet en proie à l'agitation qu'éprouvent les personnes, même les moins timides, lorsqu'elles vont chanter ou parler en public.

A côté de lui était un homme âgé d'environ quarante ans, aux larges épaules, au type tatar : front bas, pommettes saillantes, yeux longs et retroussés aux coins ; le nez épaté, le menton carré, les cheveux drus et luisants complétaient cette ressemblance. Toute sa physionomie aurait exprimé la cruauté si un air calme et réfléchi n'en eût adouci l'expression. Il se tenait immobile et regardait autour de lui comme un taureau attelé. Il portait une redingote rapiécée, ornée de larges boutons de métal, et autour de son cou vigoureux s'enroulait une vieille cravate de soie noire.

C'était Diki-Bârine, déjà nommé par Obaldouï.

Assis sur un banc, en face de lui, sous les icones, était l'entrepreneur de Jisdra, le rival de Iachka, robuste moujik de trente-cinq ans, petit de taille ; son visage était marqué de variole, son nez retroussé, ses cheveux crépus, sa barbe peu fournie ; il avait des yeux brun clair pleins de vivacité, et un air résolu. Il balançait ses jambes en frappant la terre de ses pieds élégamment chaussés de bottes. Son caftan de fin drap gris était rehaussé par un collet de velours noir et laissait voir sa chemise rouge. Dans un coin, près de la porte, était assis, devant une table, un moujik dont la tunique était déchirée à l'épaule. A travers les deux petites fenêtres aux carreaux sales filtraient quelques rayons de soleil, insuffisants pour percer l'obscurité de la salle ; mais cette demi-obscurité y entretenait une fraîcheur dont je ressentis aussitôt la bienfaisante influence, accablé que j'étais depuis le matin par la chaleur.

Mon entrée parut troubler pour un instant les habitués de Nikolaï Ivanovitch, mais ils se remirent vite quand ils le virent me saluer amicalement. Après avoir demandé de la bière, je pris place dans un coin, près du moujik à la tunique déchirée.

— Eh bien! dit tout à coup Obaldouï en se remettant à gesticuler, qu'est-ce que nous attendons pour commencer, voyons, Iachka?

— Commencez donc, s'écria Nikolaï Ivanovitch.

— Je veux bien, répondit l'entrepreneur, en souriant d'un air d'assurance; pour moi, je suis prêt.

— Moi aussi, dit Iachka, d'un air troublé.

— Eh bien, mes enfants, allez-y, cria Morgatch de sa petite voix aiguë.

Cependant les chanteurs restaient silencieux; même l'entrepreneur était demeuré assis à sa place, lorsque Diki-Bàrine s'écria d'un ton impérieux:

— Que l'on commence!

Aussitôt l'entrepreneur se leva, arrangea sa ceinture et toussa pour éclaircir sa voix. Iachka avait tressailli.

IV

Ici je crois devoir interrompre mon récit pour vous présenter les divers personnages de cette histoire, personnages que
je connaissais déjà.

Obaldouï s'appelait de son vrai nom Evgrav Ivanov ; mais
ce nom d'Obaldouï[1] lui convenait si bien, que lui-même ne se
désignait pas autrement. Il était domestique sans emploi, et
bien que depuis longtemps son maître ne le payât plus, il
s'arrangeait pour vivre gaîment aux dépens des autres, sans
doute — car les uns lui payaient le thé, les autres la vodka :
ce qui ne s'expliquait guère, étant donné le continuel bavardage d'Obaldouï, son indiscrétion, ses familiarités déplaisantes,
ses gestes désordonnés, son rire saccadé, — toutes choses qui
ne contribuaient guère à faire de lui un agréable compagnon.
Tout le monde le méprisait, mais Diki-Bàrine seul avait de
l'autorité sur lui.

Morgatch n'avait rien de commun avec Obaldouï. Il ne clignait pas des yeux, et pourtant le nom de Morgatch[2] lui allait
à merveille. Il avait été cocher chez une vieille dame d'où il

1. C'est-à-dire « bavard ».
2. C'est-à-dire « clignotant ».

s'était enfui avec un équipage appartenant à sa maîtresse. Il revint au bout d'une année, très repentant. Sa maîtresse lui confia plus tard les fonctions d'intendant ; et, à sa mort, Morgatch se trouva possesseur d'un acte de libération. Il se mit à faire du commerce, et aujourd'hui il vivait de ses rentes.

Iachka devait son surnom de « Turc » à la nationalité de sa mère, une esclave amenée de ce pays en Russie ; il était ouvrier dans une papeterie ; mais, pour le chant, il était véritablement doué.

Quant à l'entrepreneur, ce devait être un bourgeois, à en juger par ses manières et le ton dont il parlait.

Le personnage qui méritait d'être étudié avec le plus de soin était Diki-Bàrine. Ce qui le caractérisait à première vue, c'était la force brutale dont il paraissait doué, ainsi que sa robuste constitution. Quel était l'état social de cet Hercule ? On aurait eu peine à le définir. Impossible de reconnaître en lui un domestique, ou un bourgeois, ou un bureaucrate retraité, non plus qu'un propriétaire ruiné ; c'était véritablement un être à part. Un beau jour, il avait paru dans le district ; d'où venait-il ? c'est ce que nul ne savait. On disait bien que c'était un noble retiré du service, mais sans en être sûr. Ce n'est pas lui qui eût renseigné les curieux sur son compte ; car il était sombre et taciturne à l'excès.

On ne savait pas au juste de quoi il vivait. Sans pratiquer aucun métier, sans fréquenter aucun des habitants du pays, il n'était jamais sans argent.

Quant à sa conduite, quoiqu'il ne péchât point par un excès

de modération, il ne faisait point d'éclat. Indifférent en apparence à tous ceux qui l'entouraient, il ne leur demandait
jamais rien. Diki-Bârine, de son vrai nom Perevlesov, jouissait néanmoins, dans tout le district, d'une autorité qu'on
subissait très volontiers, quoiqu'il se gardât bien de sembler
même l'imposer. Il s'abstenait presque de vodka et professait
pour le chant un véritable culte. Bref, cet homme singulier
semblait une énigme vivante.

V

Revenons au moment où l'entrepreneur se préparait à
chanter. Il ferma à demi les yeux et commença d'une voix
assez agréable, quoiqu'un peu voilée, et d'une flexibilité
étonnante, car il montait et descendait avec aisance des notes
les plus élevées aux plus basses. Il s'arrêtait parfois pour
reprendre tout à coup avec plus d'entrain. Il avait une façon
très particulière de changer de ton, qu'un amateur de chant
eût appréciée.

On l'écoutait attentivement, et comme il savait à quels con-
naisseurs il avait affaire, il déployait tout son talent. Les
bons chanteurs ne manquent pas dans notre province, et ceux
de Sergievsk, sur la route d'Orel, sont particulièrement
renommés.

L'entrepreneur se surpassa; et, au moment où après
avoir exécuté un dernier trille, plus brillant encore, il se
rejeta en arrière, le visage pâle, le front couvert de sueur, des
acclamations enthousiastes retentirent. Obaldouï se jeta à son
cou, l'embrassa à l'étouffer; Nikolaï Ivanovitch rougit de
plaisir comme un enfant, et Iachka criait à tue-tête:

— Quel gaillard, quel gaillard!

Le moujik assis près de moi donna un coup de poing sur la
table en disant :

— Voilà qui est bien, vraiment bien !

Obaldouï, tenant toujours l'entrepreneur embrassé, lui
criait :

— Ah ! tu as bien chanté, frère ; tu peux dire que tu as
bien chanté !... C'est toi qui as gagné le quart de bière ; Iachka
n'est pas de taille, c'est moi qui te le dis.

— Laisse-le donc tranquille, lui dit Morgatch, fais-le plutôt
asseoir sur le banc, il est exténué ; et toi, tu te colles à lui
comme une feuille mouillée. Quel sot tu es !

— Eh bien ! va t'asseoir, fit Obaldouï à l'entrepreneur ;
moi je vais boire à ta santé, frère ;... tu me l'offres ?

L'entrepreneur fit signe que oui et, après s'être assis, il prit
son mouchoir dans son bonnet et s'en essuya le front.

— Tu as chanté à merveille, dit Nikolaï Ivanovitch, d'un
air affable... — C'est maintenant à toi, Iachka, mais ne te
trouble pas, nous allons juger. L'entrepreneur a très bien
chanté.

— Très bien, appuya la femme de Nikolaï, et elle sourit
en regardant Iachka.

— Ah ! ah ! meugla mon voisin en signe d'approbation.

— Ah ! tête carrée, s'écria Obaldouï, en désignant ce dernier et le montrant aux autres avec un gros rire, qu'es-tu venu
faire ici, tête carrée ?

Le pauvre moujik, tout effaré, se levait déjà pour partir,
lorsque Diki-Bârine, d'une voix tonnante, s'écria :

— Malfaisant animal !

— Je... je ne fais rien, balbutia Obaldouï ; c'était pour...

— Tais-toi, dit Diki-Bârine d'un ton impérieux... Commence, Iachka.

— Je crains... dit celui-ci, en toussotant, je ne sais ce que j'ai, mais...

— Voyons, fit Diki-Bârine, tu ne vas pas avoir peur maintenant? Chante donc, voyons, nous t'écoutons.

Et il redevint attentif.

VI

Iachka, sans répondre, regarda autour de lui, puis il cacha son visage dans ses mains. Tous fixaient les yeux sur lui, avec anxiété, et l'entrepreneur lui-même, dont les traits exprimaient jusque-là une joyeuse assurance, se sentit envahir par l'inquiétude. Il demeura assis, mais immobile. Iachka découvrit son visage ; il était livide et tenait ses yeux baissés. Il soupira et commença... D'abord on l'entendit à peine, tant le premier son qu'il émit était faible et étouffé ; le second, plus soutenu, vibra comme une corde de violon encore frémissante ; sa voix s'affermit, et il commença le chant russe plein de mélancolie :

Plus d'un sentier traverse la prairie...

Tous les assistants furent émus, et je partageai cette émotion, car jamais je n'avais entendu une voix plus touchante ; elle était à la fois pleine de langueur et passionnée. Iachka s'animait, sa voix ne tremblait plus ; la flamme de la passion la vivifiait, cette flamme qui gagne si rapidement l'âme des auditeurs. Cette voix remuait en moi tout un monde de souvenirs.

Iachka semblait avoir oublié notre présence ; il chantait et
son chant, large et majestueux, semblait évoquer l'horizon
de nos immenses steppes. L'émotion nous gagnait de plus en
plus, et je sentais les larmes me venir aux yeux, lorsqu'un
sanglot contenu me fit tourner la tête ; c'était la femme de
Nikolaï qui pleurait, la tête appuyée contre la fenêtre. Iachka
l'entendit aussi, et, dès ce moment, sa voix devint plus
pénétrante et plus expressive. Nikolaï Ivanovitch laissa tomber
sa tête sur sa poitrine, Morgatch regarda d'un autre côté ; et
Obaldouï demeurait immobile, l'air attendri, la bouche ouverte.
Mon voisin, le paysan en guenilles, se renfonça dans son coin,
en bredouillant quelques sons inarticulés. Diki-Bàrine fronçait
les sourcils et retenait à grand'peine une larme ; l'entrepreneur appuyait son front dans sa main et ne bougeait pas. Enfin
je ne sais jusqu'à quel point notre émotion aurait augmenté,
si Iachka ne s'était tu brusquement, comme si la voix lui
avait manqué. Personne ne dit rien, chacun resta à sa place,
comme si on se fût attendu à ce qu'il reprît son chant... mais
lui parcourut la salle d'un regard anxieux, étonné de notre
silence. Il vit bientôt que la victoire était à lui...

— Ah ! Iachka ! s'écria Diki-Bàrine.

Il lui posa la main sur l'épaule et se tut.

Personne n'avait bougé. Ce fut l'entrepreneur qui se leva le
premier et s'approchant de Iachka :

— C'est toi qui l'as emporté, dit-il péniblement.

Et il sortit vivement du cabaret.

Il était à peine dehors, que le charme s'évanouit, et tout le
monde se mit à parler à la fois. Obaldouï sauta en faisant aller

ses grands bras comme les ailes d'un moulin ; Morgatch alla
embrasser Iachka. Nikolaï Ivanovitch se leva et déclara d'un
air solennel qu'il offrait un second verre à toute la société. Le
visage de Diki-Bârine était illuminé par un sourire d'une douceur étrange sur cette physionomie habituellement dure.
Quant au moujik assis à côté de moi, il passait ses manches
sur sa figure en répétant :

— C'est bien, cela ; qu'on me dise que ce n'est pas bien !

Iachka montrait une joie d'enfant ; ses yeux brillaient, son
visage était radieux. On l'entraîna vers le comptoir ; il voulut
qu'on allât chercher l'entrepreneur, mais celui-ci était parti.
On se mit donc à boire. Obaldouï ne cessait de dire :

— Tu chanteras encore, frère, tu chanteras jusqu'à la nuit...

Je quittais le cabaret, non sans avoir jeté un dernier regard
sur Iachka, emportant les douces émotions que son chant
m'avait fait éprouver. La chaleur était encore très forte. A
l'horizon, une poussière fine et lumineuse se détachait sur le
bleu sombre du ciel. Un silence accablant pesait sur la nature.
J'allai sous un hangar m'étendre sur du foin fraîchement
coupé. Je ne pouvais m'endormir, je croyais encore entendre
la voix harmonieuse de Iachka ; pourtant la chaleur et l'accablement finirent par l'emporter et le sommeil me gagna.

Quand je m'éveillai, la nuit était venue ; le foin trempé de
rosée exhalait une odeur pénétrante. A travers les interstices
du toit, on voyait briller quelques étoiles ; à l'horizon, les
dernières lueurs du jour s'effaçaient, et cependant la chaleur de
la journée se faisait encore sentir dans la fraîcheur du soir. Le
ciel était serein, aucun nuage n'en ternissait l'azur, et des mil-

liers d'astres scintillaient dans son immensité. Dans le village
brillaient quelques lumières. Un murmure de voix m'arrivait
du cabaret, et je crus reconnaître la voix de Iachka. Je
m'avançai vers la fenêtre du cabaret, puis, appliquant mon
visage contre la vitre, je regardai dans l'intérieur, et voici la
scène à laquelle j'assistai. Tous étaient ivres, Iachka aussi
bien que les autres. Assis sur un banc, la chemise ouverte, il
chantait d'une voix enrouée, en s'accompagnant d'une guitare.
Ses cheveux, tout mouillés de sueur, tombaient en désordre
sur son visage pâle. Obaldouï, au milieu de la salle, dansait à
se disloquer les membres, en face du moujik déguenillé.
Celui-ci, avec un rire stupide, cherchait à l'imiter ; mais ses
jambes flageolaient. Morgatch, assis dans un coin, était rouge
comme une écrevisse. Nikolaï Ivanovitch seul n'avait rien
perdu de son calme. Quelques nouveaux clients étaient sur-
venus ; Diki-Bârine était parti.

Je m'éloignai de la fenêtre et descendis vivement du coteau
dans l'immense plaine qui s'étend à ses pieds. La brume qui
l'enveloppait reculait ses limites à l'infini jusqu'à les confondre avec le ciel, et il faisait nuit noire, quand je parvins
à la lisière du bois, près de mon village, à quatre verstes de
Kolotovka.

LE COMTE LÉON TOLSTOÏ

(Né en 1828.)

LE MOUJIK PAKHÔME

COMTE LÉON TOLSTOÏ

Le comte Léon Nikolaïevitch Tolstoï naquit le 28 août 1828, dans le village de Yasnaïa-Poliana (gouvernement de Toula). De bonne heure il devint orphelin, ayant perdu sa mère à l'âge de deux ans et son père à l'âge de neuf. En 1843, il entra à la Faculté des Lettres de Kazan, qu'il quitta un an après pour l'Ecole de Droit, où il fut reçu licencié en 1848. En 1851, il s'engagea dans un régiment d'artillerie et guerroya dans le Caucase, dont la nature grandiose exerça une influence profonde sur son esprit. Il passa là quatre années, écrivant, entre deux campagnes, des nouvelles où déjà se manifestaient à un degré rare « le don de voir et de peindre la seule vérité », et cette analyse pénétrante, corrodante, qui, appliquée d'abord à l'étude de sa propre conscience, et, plus tard, à la peinture de la société, devait conduire le romancier au pessimisme, au nihilisme philosophique, et finalement à cette espèce d'anarchie évangélique qui caractérise ses dernières productions. — Ce fut au Caucase qu'il rédigea ou ébaucha ses *Souvenirs d'enfance et de jeunesse, les Cosaques, la Matinée d'un gentilhomme campagnard.*

Lorsque éclata la guerre de Crimée, Tolstoï demanda à passer à Sébastopol. Il participa à toutes les péripéties du siège, qu'il nota en trois récits saisissants : *Sébastopol en décembre* 1854*, en mai, en août* 1855.

Démissionnaire à la paix, il vint à Saint-Pétersbourg, en 1856. Il y fut accueilli d'une manière particulièrement chaleureuse, et comme héros, et comme écrivain. En 1857, il voyagea à l'étranger; le spectacle du progrès européen fut loin de le ravir; il le soumit à son analyse dévorante, et ses yeux investigateurs découvrirent les contradictions terribles que contient la civilisation occidentale : à côté des prodiges de la science et de l'industrie, sous d'éblouissantes apparences, — un océan de misère, d'ignorance, de barbarie.

De 1861 à 1864, Tolstoï, avec cette même ardeur passionnée qu'il apportait à tout ce qu'il faisait, s'occupa de pédagogie, ouvrant dans son domaine d'Yasnaïa-Poliana une école pour les enfants des paysans, créant un journal spécial où il discutait toutes les questions d'enseignement.

En 1864, il commença son grand roman historique *Guerre et paix*, qu'il acheva en 1869. « C'est la meilleure œuvre de Tolstoï, a écrit un critique russe : là, son génie atteint son apogée ; c'est une épopée plutôt qu'un roman, une épopée qui embrasse toute la vie russe du commencement du siècle, dans toutes ses couches et dans toutes ses manifestations, depuis les plus grands événements historiques, comme la bataille de Leipsick et l'incendie de Moscou, jusqu'aux menus faits quotidiens de l'existence sociale et privée... »

Après quelques opuscules sur l'éducation du peuple, Tolstoï publia, de 1874 à 1876, un autre grand roman : *Anna Karénine*, où il s'essayait à décrire la société russe contemporaine. Les conclusions de ce livre, — banqueroute de la raison, magnification de la tendresse et de la foi, — contenaient le germe de la religion nouvelle que Tolstoï, délaissant brusquement l'art pour les questions morales et théologiques, n'a, depuis 1883, cessé de prêcher par la parole écrite et par l'exemple, — une religion qui préconise l'esprit de charité et de sacrifice, la tendresse pitoyable à l'égard des humbles, des souffrants, le règne des pauvres d'esprit, le retour à la vie rurale, la réforme du mal social par le communisme, le partage fraternel des biens, le travail manuel imposé à chacun, la négation sans violence de tout gouvernement, de toute société : singulier mélange de vues généreuses et largement humaines, et d'irréalisables, de dangereuses utopies...

Grand seigneur devenu moujik, il a mis ses principes en pratique, vivant à la campagne avec et comme les paysans, vêtu comme eux, travaillant comme eux de ses mains, fauchant, labourant, cousant des bottes, donnant ses biens, et ne reprenant plus guère sa plume — lui qui fut le plus grand des romanciers, — que pour écrire des traités mystico-socialistes ou des contes populaires animés du même esprit.

LE MOUJIK PAKHÔME

(COMBIEN FAUT-IL DE TERRE POUR UN HOMME?)

I

Il y avait une fois deux sœurs, dont l'aînée était mariée à un marchand de la ville, et la cadette à un moujik de la campagne. Un jour, la citadine vint faire visite à la campagnarde, et lui vanta l'existence qu'elle menait à la ville : elle vivait à son aise, elle était bien mise, ses enfants étaient proprement vêtus, elle ne mangeait et buvait que de bonnes choses; elle avait, pour se distraire, les promenades et les spectacles.

La cadette, touchée au vif, riposta en rabaissant l'existence

d'une marchande, et en célébrant outre mesure la vie d'une
paysanne, la sienne.

— Je n'échangerais pas mon sort contre le tien, disait-elle.
Notre vie est terne, il est vrai, mais elle n'est pas empoi-
sonnée par la crainte. Votre existence est plus agréable ; mais
si parfois vous gagnez beaucoup d'argent, il vous arrive aussi
de tout perdre. Et comme dit le proverbe, la perte est la
grande sœur du gain. Riches aujourd'hui, vous êtes exposés
à mendier demain. Notre vie, à nous autres moujiks, est bien
plus sûre. Le moujik a le ventre mince, mais long ; si jamais
nous ne nous faisons riches, il nous reste toujours de quoi
manger.

— Oui, répondit l'aînée, mais votre condition est de vivre
avec les cochons et les veaux. Ton mari a beau s'épuiser de
travail, vous ne connaîtrez jamais les belles manières, ni les
aises ; nés dans l'ordure, vous y vivez et vous y mourrez,
comme y vivront et mourront vos enfants.

— C'est que le métier le veut ainsi, répondit la cadette.
Mais c'est pour cela aussi que notre vie est plus stable, lorsque
nous possédons des terres. Nous n'avons à nous humilier, à
trembler devant qui que ce soit. Et que de tentations vous
guettent à la ville ! Aujourd'hui, les affaires sont bonnes ; mais
que le diable, demain, tente ton mari par le jeu ou la boisson,
et c'est la ruine. Et c'est ce qui arrive souvent.

Assis sur le poêle, Pakhôme, le mari de la cadette, prêtait
l'oreille aux caquetages des deux femmes.

— Rien de plus vrai, opina-t-il. Occupés que nous sommes,
dès notre enfance, à fouiller notre mère la terre, nous n'avons

pas le temps de songer aux bagatelles. Notre seul ennui, c'est que nous n'avons pas assez de terre. Ah ! si j'en avais assez, le diable lui-même ne me ferait pas peur !

Les deux femmes finirent de prendre leur thé, reparlèrent de toilette, rentrèrent la vaisselle et s'en furent dormir.

Or, le diable, de derrière le poêle où il était tapi, avait tout entendu. Il était enchanté que la femme du moujik l'eût poussé à défier le diable, à déclarer bien haut que, s'il possédait de la terre à volonté, le diable lui-même ne lui ferait pas peur.

— A nous deux, songeait-il. Je t'en donnerai, de la terre, et c'est par elle que je viendrai à bout de toi.

Le moujik Pakhôme avait pour voisine une châtelaine qui possédait cent vingt déciatines[1] de terrain. Elle avait toujours vécu en bon accord avec les moujiks, sans jamais faire de mal à personne, lorsqu'elle choisit pour intendant un vieux militaire retraité qui fit pleuvoir les amendes sur les moujiks.

Pakhôme avait beau prendre toutes les précautions ; il ne pouvait toujours empêcher son cheval de vaguer dans les avoines du domaine, ou sa vache de pénétrer dans le jardin, ou ses veaux d'aller paître le pré : et c'étaient alors des amendes à n'en plus finir.

Pakhôme payait en jurant, et les siens pâtissaient de sa mauvaise humeur. Tout cet été-là, il fut en butte aux persécutions du nouvel intendant. Ce fut pour lui un vrai soulagement, lorsque revint le temps où l'on rentre les bêtes ; s'il avait la charge de les nourrir, il n'avait plus du moins d'amendes à redouter, et il vivait tranquille.

Dans le courant de l'hiver, on apprit que la châtelaine allait vendre son domaine, et que le péager de la grand'route avait l'intention de s'en rendre acquéreur.

1. La déciatine vaut 1 hectare 092.

Cette nouvelle consterna les moujiks.

— Si c'est, pensaient-ils, le péager qui achète le domaine, il nous criblera d'amendes encore plus que la châtelaine..

Ils allèrent trouver en corps la châtelaine, la priant de vendre à eux-mêmes, plutôt qu'au péager, et offrant un prix plus considérable. Elle y consentit, et les moujiks tinrent conseil en vue de faire acquérir le domaine par la commune. Mais le diable souffla la discorde parmi eux. Ils s'assemblèrent une fois, deux fois, sans réussir à s'entendre. De guerre lasse, ils prirent la résolution d'acheter chacun un lot, dans la limite de leurs moyens. Ce à quoi la châtelaine consentit encore.

Le voisin de Pakhôme acquit ainsi vingt déciatines de terre, avec faculté de payer la moitié du prix d'achat par annuités. Pakhôme, en apprenant cela, fut mordu par la jalousie.

— Tout le domaine va se vendre, il n'en restera plus pour moi.

Il prit conseil de sa femme.

— Les autres achètent, lui dit-il. Nous devons, nous aussi, acheter une dizaine de déciatines, faute de quoi il nous serait impossible de joindre les deux bouts : les amendes de l'intendant nous ont ruinés.

Il songea au moyen de réunir l'argent nécessaire.

Il vendit le poulain, la moitié de ses abeilles, loua son fils comme valet de ferme : ce qui, avec les cent roubles d'économies qu'il possédait déjà, lui donna la moitié de la somme.

Il prend donc son pécule, jette son dévolu sur un lot d'une quinzaine de déciatines avec un petit bois, et s'en vient trouver la châtelaine pour conclure l'affaire. On tombe d'accord, on

tope, il donne les arrhes, et l'on s'en va à la ville pour l'établissement de l'acte. Pakhôme verse la moitié du prix comptant en espèces ; l'autre moitié, il la payera en deux annuités.
Et il revient possesseur de la terre.

Ayant emprunté à son beau-frère de quoi acheter des grains,
il ensemença la terre dont il venait de se rendre acquéreur,
et tout poussa à souhait. Le produit d'une seule année suffit
pour acquitter Pakhôme envers la châtelaine et envers son
beau-frère. Et il fut dès lors, lui, le moujik Pakhôme, un
véritable propriétaire terrien. Elle était à lui, la terre qu'il
labourait et ensemençait, sur sa terre il fauchait le foin, sur
sa terre il paissait son bétail.

En poussant la charrue sur sa terre à lui, en regardant
grandir son blé et verdir ses prairies, Pakhôme exulte. Et le
gazon, les fleurs, lui semblent tout autres. Autrefois, lorsqu'il
marchait sur cette terre, elle était à ses yeux ce qu'une terre
doit être ; mais aujourd'hui, cette même terre lui semble tout
autre.

III

Pakhôme vivait heureux et tout allait au gré de ses souhaits,
lorsque les moujiks s'avisèrent de faire dans ses blés et ses
prés des irruptions de plus en plus fréquentes. Il avait beau
les prier de cesser, ils continuaient de plus belle. Tantôt
c'étaient les vaches que les bouviers laissaient pénétrer dans
les prairies, tantôt les chevaux, en pâturage nocturne, galo-
paient dans les champs de froment.

D'abord Pakhôme se contentait de les chasser, il pardonnait
aux moujiks et s'abstenait de les traduire en justice. Puis, il
finit par perdre patience et par se plaindre au tribunal du
bailliage. Il n'ignorait point que ce qu'ils en faisaient, c'était
parce qu'ils se trouvaient à l'étroit et nullement dans l'intention de nuire, mais il pensait :

— Je ne puis cependant pas toujours fermer les yeux,
sans quoi ils finiraient par me dévorer tout. Il faut un
exemple.

Il cita donc en justice un moujik, puis un autre. On mit les
prévenus à l'amende. Mais ces exemples ne servirent qu'à
surexciter les moujiks voisins de Pakhôme qui, pour se venger, firent exprès d'envoyer paître leurs bêtes sur son bien.

Une nuit, on pénétra dans le petit bois, et l'on abattit sur le sol une dizaine de tilleuls.

Le lendemain matin, en passant par son bois, Pakhôme aperçut par terre quelque chose de blanc et, s'étant approché, reconnut des tilleuls dépouillés de leur écorce. Il n'y avait plus en terre que les souches. Encore si le scélérat s'était borné à couper les arbres de la lisière, s'il en avait laissé un seul debout ! Mais non, tout était rasé.

La colère s'empara de Pakhôme.

— Si je pouvais savoir qui a fait le coup, pensait-il, comme je me vengerais !

A qui attribuer ce méfait? Il réfléchissait, il réfléchissait. Bien sûr, ce vaurien de Sémion. Il s'en fut dans la cour de Sémion, mais sans rien trouver. Pour tout résultat, il se querella avec lui ; et, de plus en plus convaincu de sa culpabilité, il le traîna en justice. La cause fut appelée et jugée par le tribunal, qui, faute de preuve, renvoya Sémion des fins de la plainte.

Cet acquittement ne fit qu'aigrir encore plus Pakhôme. Il insulta presque le bailli et les juges, leur disant :

— Vous donnez votre appui à des voleurs. Si vous remplissiez votre devoir, vous n'acquitteriez pas des voleurs.

Ce fut dès lors une guerre déclarée entre Pakhôme et ses voisins, qui allèrent jusqu'à le menacer du *coq rouge*[1]. Pakhôme eût pu vivre à l'aise sur sa terre ; mais, en butte à l'animosité des moujiks, il se trouvait à l'étroit dans la commune.

1. L'incendie.

Sur ces entrefaites, on apprit que les gens émigraient.

Et Pakhôme pensait :

— Moi, rien ne m'oblige à m'en aller d'ici ; mais nous serions plus au large, si quelques-uns des nôtres partaient. J'achèterais leur terre pour arrondir la mienne, et je serais plus à l'aise.

Un jour Pakhôme se trouvait au logis, lorsqu'un étranger, un moujik, vint à passer. Il entra chez Pakhôme et lui demanda un gîte pour la nuit. Pakhôme consentit ; il le fit manger et l'interrogea : d'où venait-il ? où allait-il ? Le moujik répondit qu'il venait de loin, des bords du Volga, où il avait travaillé. De fil en aiguille, il en vint à raconter comment les gens avaient émigré là-bas. Les siens étaient allés s'y établir ; on les avait inscrits sur les registres de la commune, et chacun avait reçu dix déciatines de lerrre. Et il ajouta :

— C'est là que la terre est bonne ! Partout où l'on a semé du seigle, les épis poussent si serrés, si hauts, qu'on ne voit plus les chevaux. Il suffit de cinq poignées d'épis pour faire une gerbe. Tel est arrivé, misérable et n'ayant que ses deux bras, qui laboure aujourd'hui cinquante déciatines de bon blé, et qui a vendu, l'année dernière, cinq mille roubles le froment de sa récolte.

Pakhôme prit feu à ce récit.

— Qu'est-ce que je fais ici, à l'étroit, quand je pourrais vivre si largement ailleurs ? pensait-il. Je n'aurais qu'à vendre ma terre et ma maison, pour aller là-bas, avec l'argent, bâtir et m'installer. C'est un péché de vivre ici à l'étroit. Je veux seulement aller voir de mes yeux et me rendre compte en personne.

L'été venu, il fit ses préparatifs et partit. Arrivé au Volga, il descendit le fleuve sur un vapeur jusqu'à Samara, marcha ensuite pendant quatre cents verstes et atteignit le but de son voyage.

On ne l'avait pas trompé. Les moujiks dans ce pays vivaient largement. La commune accueillait bien les immigrants, leur distribuant dix déciatines par tête. Et quiconque avait quelque argent pouvait, en outre des déciatines concédées à temps, acquérir, pour trois roubles la déciatine, de la terre à perpétuité, et de la meilleure, et tant qu'on en voulait.

S'étant ainsi renseigné, Pakhôme s'en revint chez lui, et vendit tout ce qu'il avait. A bon compte, il vendit sa terre, sa maison, son bétail ; puis il se fit rayer des registres de la commune et, le printemps venu, partit avec les siens pour le pays nouveau.

— Bravo, mon garçon! lui dit le chef Bachkir, tu as gagné un grand
domaine (p. 221) !

IV

Pakhôme arriva dans le nouveau pays avec les siens. Il se
fit inscrire sur les registres d'un grand village, offrit la goutte
aux anciens, mit en règle ses papiers. On lui fit bon accueil,
on lui concéda, pour cinq âmes, cinquante déciatines, avec
le droit de pâturage dans les terrains communaux. Il se cons-
truisit une maison, acheta force bétail; rien qu'avec la terre
concédée pour les cinq âmes de sa famille, il se voyait
deux fois plus riche qu'auparavant. Et quelle fertilité! Pâturage et labours, il avait de tout à volonté, il pouvait dorénavant se payer des troupeaux entiers de bétail; quand il com-
parait sa nouvelle existence à celle qu'il menait avant, il se
trouvait dix fois plus heureux, et tout lui semblait dix fois
plus beau.

C'est ainsi qu'il voyait les choses dans les premiers mois,
tandis qu'il bâtissait sa maison et s'installait; mais au bout de
quelque temps, il ne tarda pas à se sentir trop à l'étroit. Il eût
voulu, comme les autres, ensemencer ses champs de blé blanc,
de blé turc; mais la terre à blé était rare dans les concessions.
On semait le blé dans la terre vierge, envahie par la stipe
plumeuse, ou dans les jachères; on cultivait un an ou deux,

et on laissait ensuite repousser la stipe avant de semer de nouveau. La terre légère, en avait qui voulait; mais elle ne
produit que le seigle, et le blé demande de la terre forte.
De celle-ci, tous en voulaient, et il n'y en avait pas pour
tous : de là, des querelles. Ceux qui en possédaient la labou-
raient eux-mêmes s'ils étaient à leur aise, et les plus pauvres
la vendaient aux marchands pour payer leurs impôts.

La première année, Pakhôme ensemença son lot de vieux
froment, qui poussa à vermeille; mais il avait trop peu de
terre pour tout le froment qu'il eût désiré récolter; et la terre
qu'il possédait n'était pas celle qu'il fallait pour cela; il en
voulait de meilleure. Il s'en fut donc trouver un marchand, et
loua de la terre pour un an. Alors il put semer davantage, et
la moisson fut bonne. Mais le champ se trouvait bien loin du
village; il fallait, pour s'y rendre, marcher une quinzaine de
verstes.

Cependant Pakhôme voyait des moujiks habiter de riches
fermes et gagner beaucoup d'argent, et il pensait :

— Ah! si j'avais pu acheter de la terre à perpétuité, j'aurais, moi aussi, pu me bâtir des fermes, j'aurais alors tout sous
la main.

Et il cherchait dans sa tête les moyens d'acheter de la terre
à perpétuité.

Ainsi vécut Pakhôme pendant cinq années, louant le terrain
des marchands et l'ensemençant de blé. Et comme les années
étaient bonnes, que le froment poussait bien, il gagnait quelque argent et n'aurait eu qu'à jouir de la vie, sans le souci

qu'il avait de louer chaque année le terrain. C'était toujours un nouvel ennui : à peine une bonne terre est-elle à louer, un moujik se précipite et s'en empare ; et si Pakhôme arrive trop tard, il ne sait plus où semer. Une autre fois, d'accord avec un marchand, il loue un champ chez les moujiks ; il sème, il laboure, et voici que les moujiks l'attaquent en justice et que toute sa peine est en pure perte. Que n'a-t-il de la terre à lui, rien qu'à lui ! il n'aurait plus à dépendre de personne, et ses affaires marcheraient bien mieux.

Et s'étant mis à chercher où il pourrait acheter de la terre à perpétuité, il finit par trouver un moujik, propriétaire de cinq cents déciatines, qui, frappé par la ruine, était disposé à vendre ses biens à bon marché. Pakhôme alla le trouver, et après une longue discussion, tomba d'accord avec lui sur le prix de quinze cents roubles, la moitié comptant, la moitié à terme. L'acte était sur le point de se signer, lorsqu'un marchand de passage s'arrêta un jour chez Pakhôme pour faire manger ses chevaux. Le thé fut servi, la causerie s'engagea, et le marchand apprit à son hôte qu'il arrivait du pays des Bachkirs [1]. Dans ce pays, il avait, pour mille roubles seulement, acquis cinq mille déciatines de terrain.

— Je n'ai eu pour cela, continua-t-il en réponse aux questions de Pakhôme, je n'ai eu qu'à me concilier les bonnes grâces des anciens. Je leur ai donné des khalates [2], des tapis,

---

1. Peuple d'Asie, campé dans la steppe au delà des monts Ourals.
2. Vêtement en forme de robe de chambre, le seul à peu près en usage chez les Bachkirs. En hiver on se contente d'en mettre plusieurs, et le nombre de khalates endossés indique la rigueur du temps ; les Bachkirs disent, par exemple, il fait aujourd'hui un froid de 4 khalates.

une caisse de thé, et j'ai payé à boire à chacun. Et j'ai eu la
terre à raison de vingt kopeks[1] la déciatine...

Il tira de sa poche son acte de vente, qu'il montra à
Pakhôme, et ajouta :

— La terre est traversée par une petite rivière, et toute
couverte de stipe plumeuse.

Pakhôme accablait toujours l'autre de ses questions :

— Et il y en a tellement, de cette bonne terre, racontait encore
le marchand, que tu n'en ferais pas le tour en un an de
marche. Tout cela appartient aux Bachkirs, et ils sont si naïfs,
qu'on pourrait même l'obtenir pour rien.

Et Pakhôme pensait :

— Pourquoi irais-je acheter cinq cents déciatines pour
mille roubles, et m'endetter encore, alors qu'avec ces mille
roubles j'aurais qui sait combien de terre?

---

1. Un kopek vaut quatre centimes de notre monnaie. 100 kopeks font un rouble
ou 4 francs, valeur nominale.

V

Pakhôme se fit indiquer la route qui menait au pays des Bachkirs, et, après avoir pris congé du marchand, il fit ses préparatifs de départ. Ayant donc confié la maison à sa femme, il partit avec son domestique et s'en fut d'abord avec lui à la ville voisine, où il se procura une caisse de thé, du vin, des cadeaux, conformément aux instructions du marchand.

Ils se mettent en route. Ils marchent, ils marchent; déjà ils ont marché pendant cinq cents verstes, lorsque, le septième jour, ils atteignent un village de Bachkirs. Tout est bien comme le marchand leur avait dit. Les Bachkirs sont campés dans la steppe, le long de la petite rivière, dans des tentes de feutre. Ce sont des nomades ; ils ne labourent pas la terre, ils ne mangent pas de pain; ils passent leur temps à vaguer dans la steppe avec leurs troupeaux de chevaux et leur bétail.

Derrière leurs tentes ils attachent leurs poulains, qui tettent leurs mères deux fois par jour. Le lait des juments sert à faire le koumiss qui est préparé par les femmes. Ce sont les femmes aussi qui font les fromages. Boire du koumiss et du thé, manger du mouton et jouer de la flûte (tchebougza), — c'est tout le travail des Bachkirs. Gras, luisants, joyeux, passant tout leur

été à festoyer, ces gens-là sont très ignorants et ne savent pas
un mot de russe, mais ils sont très hospitaliers.

En voyant arriver Pakhôme, les Bachkirs quittèrent leurs
tentes et firent cercle autour des nouveaux venus. Grâce à un
interprète qui se trouvait dans leur campement, Pakhôme
put se faire entendre et leur dire que ce qui l'amenait parmi
eux, c'était le désir d'avoir de la terre.

Les Bachkirs l'accueillirent cordialement; ils le condui-
sirent dans leur plus belle tente; là, ils l'installèrent sur des
coussins de duvet jetés par-dessus des tapis moelleux, et lui
offrirent du thé et du koumiss. Puis, ayant tué un mouton,
ils lui en donnèrent les meilleurs morceaux.

Pakhôme envoie chercher les cadeaux qu'il a apportés dans
sa voiture; il les donne aux Bachkirs et leur distribue sa pro-
vision de thé. Eux sont enchantés; ils se consultent dans leur
jargon, et ordonnent à l'interprète de traduire.

— Ils m'ordonnent de te dire, déclare l'interprète, qu'ils
ont de l'amitié pour toi. Nous autres, nous avons pour habitude de faire aux étrangers notre meilleur accueil, et de
répondre aux présents par des présents. Dis-nous ce qui te
plaît le plus chez nous et prends-le en échange de tes cadeaux.

— Ce que j'aime le plus chez vous, répond Pakhôme, c'est
votre terre. Nous autres, nous en manquons, nous sommes à
l'étroit chez nous, et le peu de terre que nous avons ne rend
plus rien. Vous, au contraire, vous en avez beaucoup, et de la
bonne. Jamais je n'ai vu de terre comparable à la vôtre.

L'interprète ayant traduit, les Bachkirs délibèrent de nouveau. Pakhôme ne comprend pas un mot de ce qu'ils disent;

ils s'égaient, ils crient, ils rient. Enfin le silence se fait, ils regardent Pakhôme, et l'interprète dit à l'étranger :

— Ils m'ordonnent de te dire que, pour reconnaître ta libéralité, ils te donneront volontiers autant de terre que tu voudras. Tu n'as qu'à indiquer du doigt celle que tu désires : elle t'appartiendra.

La discussion recommence entre eux.

— Que disent-ils encore? interroge Pakhôme.

— Ils disent, répond l'interprète, les uns, qu'il faut consulter le chef, qu'on ne peut rien conclure sans lui; les autres, que son intervention n'est pas indispensable.

27

VI

La délibération durait encore, lorsqu'on vit arriver un homme en bonnet de peau de renard. Tout le monde cessa de parler et se leva.

— C'est le chef, dit l'interprète.

Alors Pakhôme prend le plus beau khalate avec un paquet de cinq livres de thé, et offre le tout au chef. L'autre accepte, s'installe à la première place, et les Bachkirs lui exposent l'affaire. Le chef prête une oreille attentive, puis, avec un sourire, il dit en russe à Pakhôme :

— Soit! Ce n'est pas la terre qui manque : désigne l'endroit et prends autant de terre que tu veux.

— Comment! en prendre autant que je veux, pense Pakhôme. Il faut que tout soit en règle, pour qu'après m'avoir déclaré : « C'est à toi », on ne vienne pas me le reprendre.

Et il dit au chef :

— Merci de vos offres généreuses. Vous possédez beaucoup de terres, et moi, je n'en demande pas beaucoup. Il faut seulement savoir quel morceau vous me céderez, en fixer les limites, et procéder dans les règles ; car nous sommes tous mortels. Ce que vous donnez dans la bonté de votre cœur, il pourrait se faire que vos enfants veuillent le reprendre.

— Soit, dit le chef en riant. Nous procéderons suivant les formes les plus régulières.

— J'ai appris, dit Pakhôme, que vous avez reçu la visite d'un marchand, auquel vous avez aussi cédé de votre terre; vous lui avez passé un acte; eh bien, passez-m'en un aussi.

Le chef comprit.

— Soit, dit-il, nous avons un greffier. Nous nous rendrons ensemble à la prochaine ville; nous passerons un acte, et le revêtirons de tous les sceaux nécessaires.

— Dites-moi maintenant votre prix, dit Pakhôme.

— Nous n'en avons qu'un seul : c'est mille roubles par chaque journée.

Mais cette manière de compter par journées surprit Pakhôme : il ne répondait pas.

— Combien cela fera-t-il de déciatines ? demanda-t-il.

— Impossible de savoir au juste d'avance. Nous vendons à raison de tant par journée. Toute la terre dont tu feras le tour en une journée de marche t'appartiendra. Et c'est mille roubles par journée.

Pakhôme fut étonné.

— On peut, dit-il, faire le tour de beaucoup de terres en marchant toute une journée.

Le chef dit de nouveau :

— Eh bien, tout sera à toi, mais à la condition, au bout de la journée, que tu sois revenu à l'endroit même d'où tu seras parti. Sinon, tu perdras ton argent.

— Et qui plantera les jalons partout où je passerai? interrogea Pakhôme.

— Voici. Tu choisiras la place toi-même. Nous nous mettrons où tu voudras, et nous y resterons, tandis que tu feras
le tour. Nos jeunes gens t'accompagneront à cheval, et plante-
ront des jalons partout où tu le leur diras. Puis tous les jalons
seront reliés entre eux par un sillon tracé de l'un à l'autre
avec la charrue. Tu pourras englober autant de terre que tu
voudras, pourvu que tu sois revenu à ton point de départ
avant le coucher du soleil. Tout ce dont tu auras fait le tour
t'appartiendra.

Cet arrangement agréa à Pakhôme. Le départ fut décidé
pour le lendemain, à l'aube. Tous se mirent à causer, à boire
du koumiss, du thé, à manger du mouton. Après quoi les
Bachkirs donnèrent à Pakhôme un lit de plume et allèrent
eux-mêmes se coucher, après s'être donné rendez-vous le lendemain à l'aube, pour gagner ensemble l'endroit choisi avant
le lever du soleil.

VII

Pakhôme s'étend sur son lit de plumes, mais son éternel souci de la terre l'empêche de fermer l'œil.

— Quelle bonne besogne j'ai déjà accomplie ici! pense-t-il. Je me taillerai tout un petit royaume. Je peux bien, dans un jour, parcourir une cinquantaine de verstes, car en cette saison la journée a la longueur d'une année. Cinquante verstes, cela ne doit pas faire loin de dix mille déciatines de superficie. Et alors, je serai mon maître; je ne dépendrai plus de personne. Je veux acheter des bœufs pour deux charrues, louer deux serviteurs, cultiver les parcelles qui me sembleront les meilleures et paître mon bétail sur le restant de mon domaine.

Il passe ainsi la nuit entière sans pouvoir dormir. Ce n'est qu'à l'aube qu'il s'assoupit un moment. Il s'assoupit et il rêve.

Il rêve qu'il est couché sous cette même tente et qu'il entend au dehors des éclats de rire. Curieux de savoir qui s'esclafe ainsi, il saute du lit et sort de la tente; et le chef Bachkir lui apparaît assis devant la tente, les deux mains sur le ventre, et éclatant de rire. Il s'avance et lui dit : « De quoi ris-tu ? » Et il n'a plus devant lui le chef Bachkir, mais le marchand qui s'arrêta jadis chez lui et lui parla de la steppe. Il demande au marchand de ses nouvelles; mais ce n'est plus le marchand qu'il voit, c'est le moujik qu'il accueillit une fois pour la nuit. Puis ce n'est plus le moujik, mais le diable en personne, cornes au front et pieds fourchus, qui rit à gorge déployée en regardant quelque chose. Et Pakhôme se demande : « Que regarde-t-il ainsi ? De quoi rit-il ? » Il s'approche de plus près, et que voit-il ? Un homme couché, les pieds nus, vêtu seulement d'une chemise et d'un caleçon, le nez en l'air, le visage blanc comme un linge. Et Pakhôme, ayant regardé plus fixement, se reconnaît lui-même dans cet homme.

Pakhôme pousse un cri et se réveille. Il se réveille, et pense :

— De quoi ne rêve-t-on pas seulement !

Il va pour se rendormir, mais il s'aperçoit qu'il va faire jour.

— Il faut réveiller tout le monde : c'est le moment de partir.

Il se lève, va dans sa voiture réveiller son serviteur, lui commande d'atteler et appelle les Bachkirs.

Ceux-ci se lèvent, se réunissent, le chef arrive à son tour. On apporte du koumiss et du thé. Ils en offrent à Pakhôme, mais il est trop pressé.

— C'est l'heure de partir, leur dit-il. Partons.

Et tous se mettent en route, les uns à cheval, les autres en chariots, Pakhôme dans sa voiture avec son serviteur. Ils furent bientôt dans la steppe.

Comme l'aurore se levait, ils arrivèrent au sommet d'une

colline. Les Bachkirs mirent pied à terre et formèrent un seul
groupe. Et le chef, s'approchant de Pakhôme, lui montra du
doigt le pays qui s'étendait devant eux.

— Tout ce pays, lui dit-il, nous appartient, tout ce que les
regards embrassent. Fais ton choix.

Un éclair s'alluma dans les yeux de Pakhôme. Jusqu'au
plus lointain de l'horizon la terre s'étendait, tapissée de stipe
plumeuse, uni comme la paume de la main, brune comme les
graines du pavot. Des herbes de toute espèce, des herbes
hautes jusqu'à la poitrine, marquaient la place des ravins.

Le chef, ayant retiré son bonnet en peau de renard, le mit
au sommet de la colline.

— C'est ici, dit-il, le point de repère. Ton serviteur se
tiendra ici. Laisse ton argent dans le bonnet. Tu vas partir
d'ici et revenir ici. Tout ce dont tu auras fait le tour sera à toi.

Pakhôme tire son argent, le dépose dans le bonnet, ôte son
manteau, ne gardant que son caftan, noue plus fortement son
ceinturon, se munit d'un peu de pain renfermé dans un petit
sac, attache à son côté une petite gourde pleine d'eau, redresse
les tiges de ses bottes, et se prépare à partir. Il réfléchit un
moment : quelle direction prendre ? Mais la terre est belle
partout. Et il pense :

— Où qu'on se tourne, la terre est bonne. Je marcherai du
côté du levant.

S'étant donc orienté du côté du soleil, il dégourdit un peu
ses membres et attendit le lever de l'astre.

— Pas de temps à perdre, pensait-il. Il faut profiter de la
fraîcheur, la marche est moins pénible.

De leur côté, les jeunes Bachkirs, montés sur leurs chevaux,
se tenaient prêts à descendre la colline pour accompagner
Pakhôme. A peine le bord supérieur du soleil eut-il paru à
l'horizon, que Pakhôme se mit en route et s'en fut à travers
la steppe, suivi des cavaliers.

Il cheminait d'une allure égale, ni lente, ni précipitée. Au
bout d'une verste il fit planter un jalon, et repartit. Quand il
se fut dégourdi les jambes, il hâta le pas. Il marche, il marche,
puis commande de planter encore un jalon. Il tourne la tête
en arrière : la colline apparaît nettement, éclairée par le soleil
levant, et l'on distingue sans peine le groupe des Bachkirs.

Il avait alors, à son jugement, parcouru cinq verstes
environ. Comme il s'était échauffé, il retira son caftan, res-
serra son ceinturon et poursuivit son chemin. Il marcha encore
cinq verstes. La chaleur commençait à se faire sentir. Il leva
les yeux vers le soleil, et reconnut qu'il était temps de déjeuner.

— Me voilà déjà au premier quart de ma journée, pensait-il,
et il y en a quatre dans la journée. Le moment de tourner
n'est pas encore venu. Je veux simplement ôter mes bottes.

Il s'assit par terre, ôta ses bottes et se remit en marche, d'un
pied léger et dispos.

— Encore cinq verstes, pensait-il, et je tournerai à gauche.
La terre est trop bonne ici pour tourner déjà. Plus je vais,
meilleure est la terre.

Et il continua son chemin tout droit devant lui. A un moment, il tourna de nouveau la tête : à peine si on apercevait
la colline, et les Bachkirs qui s'y trouvaient avaient l'air de
fourmis noires.

— Allons, se dit-il, j'ai englobé un bon bout de terre : il
faut que je tourne à présent par là.

Déjà la sueur ruisselait sur son visage, et il avait soif. Tout
en marchant, il saisit sa gourde et se mit à boire. Puis, ayant
fait planter un nouveau jalon, il prit à gauche.

Il chemine, il chemine; l'herbe est haute et drue, la chaleur redouble, et Pakhôme se sent un peu fatigué. Il regarde
le soleil et reconnaît qu'il n'est que temps de dîner.

— Eh bien! pense-t-il. Je vais prendre un moment de repos.

Il fait halte, tire de son sac un morceau de pain qu'il mange
debout.

— Car, se dit-il, si je m'asseyais, je m'étendrais par terre
et je m'endormirais.

Il demeure là un instant, reprend haleine et repart.

Tout d'abord, ragaillardi par la nourriture, il marcha allè-
grement. Mais la chaleur devenait intense, et il se sentait
envahi par le sommeil. Sa fatigue était grande.

— Une heure de souffrance, un siècle de bonheur, se disait-
il pour se donner du cœur.

Et il continua à cheminer tout droit pendant dix verstes
environ; et comme il était sur le point de tourner encore à
gauche, une fraîche ravine frappa ses regards.

— Je ne puis, se dit-il, laisser cette ravine en dehors de
mon lot; c'est là que le lin viendra bien.

Et il poursuivit sa route en droite ligne, et ne se décida à
tourner qu'après avoir englobé la ravine dans son circuit, et
fait poser un jalon.

Et de nouveau il regarda la colline. Il eut du mal à distin-

28

guer le groupe des Bachkirs; quinze verstes au moins l'en séparaient. Et il pensa :

— J'ai pris mes deux premiers côtés trop longs ; il faut que celui-ci soit plus court.

Ce fut d'un pas accéléré qu'il longea le troisième côté. Le soleil baissait rapidement ; il le voyait déjà proche de son déclin. A peine avait-il marché deux verstes sur ce troisième côté ; il se trouvait encore à une quinzaine de verstes du point de repère qu'il s'agissait d'atteindre.

— Il faut maintenant me diriger vers le but; tant pis si mon domaine n'est pas régulier. J'ai assez de terre comme cela.

Et il porta ses pas droit vers la colline.

VIII

Droit vers la colline cheminait Pakhôme. Il était harassé ; ses pieds, tout meurtris, le faisaient horriblement souffrir, et ses jambes se dérobaient sous lui. Il eût voulu se reposer, mais toute halte lui était défendue : jamais il ne toucherait le but avant le coucher du soleil. Et le soleil ne l'attendait pas ; il baissait, baissait et avait l'air de tomber : on eût dit que quelqu'un le poussait.

— Hélas ! pensait Pakhôme. J'ai peur de m'être trompé. J'ai fait mon circuit trop grand. Que deviendrai-je si je n'arrive pas au but avant le moment fixé ? Comme c'est loin encore, et comme je suis las ! Oh ! si j'allais perdre pour rien mes roubles et ma peine ! Je vais redoubler d'efforts et tenter l'impossible.

Et Pakhôme prend le trot. Il se met les pieds en sang, mais il ne ralentit pas sa course. Il court, il court, mais le but est encore éloigné. Il se débarrasse de son caftan, de sa gourde, ôte et jette son bonnet et ses bottes.

— Hélas ! pense-t-il. Mon avidité m'a perdu. Jamais je n'atteindrai le but avant le coucher du soleil.

Et l'effroi le suffoque. Il en perd le souffle. Et il continue à courir ; sa bouche est sèche ; sa chemise et son caleçon sont plaqués sur sa peau par la sueur. Sa poitrine va et vient comme

un soufflet de forge, son cœur bat comme un marteau. Il ne
sent plus ses pieds, ses jarrets ploient et il est rendu. Il ne
songe plus maintenant à son domaine ; son unique souci, c'est
de ne pas tomber mort de fatigue. Il craint de mourir,
Pakhôme, mais il court toujours, pensant :

— Puisque j'ai déjà tant couru, je passerais pour un imbécile, si à présent je m'arrêtais.

Il perçoit les cris, les sifflets des Bachkirs, et il n'en est que
plus ardent à courir.

Il se hâte, il s'épuise, il donne ses dernières forces. Le but
se rapproche, mais le soleil est déjà tout bas. Sur la colline il
distingue chacun ; toutes les mains lui font signe de se presser.
Et voici qu'il aperçoit le bonnet à terre, avec l'argent, et le
chef accroupi sur le sol, les deux mains sur le ventre. Et le
rêve de Pakhôme lui revient dans la mémoire.

— Ce n'est pas la terre qui me manquera, se dit-il ; mais
le ciel me donnera-t-il d'y vivre ? Oh ! c'est moi-même qui
me suis perdu.

Et il continue sa course. Il lève les yeux vers le soleil ; tout
rouge, très large, il va toucher la terre, il la touche ; déjà son
bord inférieur disparaît au regard. Et lorsque, toujours courant,
Pakhôme arrive au pied de la colline, l'astre vient de se coucher.

Pakhôme pousse un « Ah ! » de désespoir, et se voit perdu.
Mais il réfléchit que si le soleil est couché pour lui, qui est au
pied de la colline, ceux qui sont au sommet doivent le voir
encore. Il monte au galop, aperçoit le bonnet. Victoire !
Pakhôme trébuche et roule à terre ; mais en tombant il touche
le bonnet de ses mains.

— Très bien ! bravo, mon garçon ! lui dit le chef Bachkir. Tu as gagné un grand domaine.

Le serviteur de Pakhôme se précipite et va pour relever son maître ; mais il s'aperçoit que le sang lui coule de la bouche : Pakhôme est mort. Et le chef accroupi par terre, avec les deux mains sur le ventre, éclate de rire.

... Puis il se relève, prend une pioche et la jette au serviteur, disant :

— Voilà pour creuser sa fosse.

Tous les Bachkirs remontent à cheval et se retirent, laissant le serviteur auprès du cadavre.

Resté seul, le serviteur creusa un trou juste de la longueur du corps : trois archines[1], — et il y enterra Pakhôme.

1. L'archine vaut 0ᵐ,711.

UNE CHASSE A L'OURS

UNE CHASSE A L'OURS

Nous étions à la chasse aux ours. Mon compagnon en tira un et le blessa dans les parties charnues. L'ours se sauva, laissant quelques gouttes de sang sur la neige.

Nous nous rejoignîmes dans la forêt et nous tînmes conseil sur le parti à prendre : fallait-il se mettre tout de suite à détourner[1] la bête, ou attendre deux ou trois jours, qu'elle se fût remise de son alarme ?

---

1. Terme de chasse. Détourner un cerf, un sanglier, c'est tourner autour de l'endroit où la bête est entrée et s'assurer qu'elle n'en est pas sortie pour la courre ensuite. (Littré.)

Nous demandâmes aux moujiks meneurs d'ours si l'on pourrait ou non détourner l'animal. Le plus vieux nous dit :

— On ne peut pas, il faut laisser à l'ours le temps de se remettre ; dans cinq jours environ on pourra le détourner ; à le poursuivre maintenant, on ne réussirait qu'à l'effrayer, et il ne se coucherait pas.

Mais le jeune meneur ne fut pas de cet avis, disant qu'on pouvait dès maintenant le détourner

— Sur la neige, affirma-t-il, l'ours n'ira pas bien loin ; il est gras. Il ne se couchera pas aujourd'hui ; et s'il ne se couche pas, je me charge de l'attraper avec mes raquettes.

(En Russie, les chasseurs, pour marcher plus aisément sur la neige, se servent de raquettes.)

Mon compagnon ne voulait pas non plus se remettre en chasse immédiatement, et il conseillait d'attendre.

Alors j'intervins :

— Pourquoi discuter ? dis-je. Vous, faites comme vous l'entendez ; moi, avec Démian, je suivrai la piste. Si nous rejoignons l'ours, tant mieux ; sinon, tant pis ; je n'ai rien à faire aujourd'hui, et il n'est pas encore tard.

Ainsi fut fait.

Nos compagnons regagnèrent les traîneaux pour retourner au village ; nous autres, Démian et moi, nous prîmes du pain et demeurâmes dans la forêt.

Eux partis, nous examinâmes nos fusils, puis, ayant bouclé nos ceintures sous nos pelisses, nous suivîmes la piste.

Le temps était propice, sec et glacé. Mais on marchait péniblement avec les raquettes : la neige était haute et friable, nullement tassée, car il avait neigé la veille encore, de sorte que les raquettes enfonçaient profondément.

La piste de l'ours se voyait de loin. On distinguait sa passée et les endroits où il s'était enfoncé jusqu'au ventre, en faisant jaillir la neige. Nous traversâmes une haute futaie sans perdre la piste de vue ; mais comme les traces allaient ensuite se perdant dans un petit bois de sapins, Démian s'arrêta.

— Il faut, dit-il, abandonner la piste. Il est fort possible que notre ours se relaisse[1] ici. Il s'y est reposé un moment, cela se voit sur la neige... Quittons la piste et écartons-nous. Seulement marchons doucement, sans crier, sans tousser ; sinon nous lui ferions peur.

Nous laissons la piste à notre droite. Au bout de cinq cents pas, nous regardons : la trace de l'ours apparaît de nouveau devant nous. Nous nous remettons à la suivre, elle nous mène sur la route. Là, nous faisons halte, cherchant de quel côté la bête est allée. Çà et là, sur le chemin, des empreintes laissées par la patte et les griffes de l'ours ; mais, à côté, apparaissent les traces des lapti[2] d'un moujik. On voit que la bête a pris la direction du village.

Nous voilà partis sur le chemin. Et Démian me dit :

— Inutile maintenant de regarder sur la route ; où qu'il l'ait quittée, à droite ou à gauche, ça se verra sur la neige. S'il a tourné, c'est qu'il n'est pas allé au village.

---

1. Terme de chasse. Se dit d'une bête qui, après avoir été longtemps courue, s'arrête de lassitude. (Littré.)
2. Espèce de chaussures de tille à l'usage des moujiks.

Après avoir marché une verste à peu près, nous voyons
devant nous tourner la piste. Nous regardons : chose étrange !
la piste va, non du chemin dans la forêt, mais de la forêt
sur le chemin, comme l'indiquent les griffes dirigées vers le
chemin.

— C'est un autre ours, dis-je.

Démian regarda, réfléchit :

— Non, fit-il, c'est le même ; seulement il s'est mis à ruser.
Il a quitté le chemin à reculons.

Nous suivîmes la piste ; Démian ne s'était pas trompé, l'ours
était sorti de la route à reculons, avait fait ainsi une dizaine
de pas, puis, s'abritant derrière un sapin, s'était retourné et
sauvé droit devant lui.

Démian s'arrêta :

— Maintenant, dit-il, nous le traquerons : c'est certain. Il
n'a plus que ce marais où coucher. Allons le détourner.

Nous entrâmes dans l'épaisse forêt de sapins pour le
détourner. Je me sentais déjà las, la marche devenait plus
pénible. Tantôt je donnais contre un genévrier et m'accro-
chais à ses branches, tantôt un petit sapin se fourrait entre
mes jambes, ou ma raquette, glissant par manque d'habitude, allait buter contre une souche ou quelque tronc enfoui
sous la neige. La fatigue me prenait. J'ôtai ma pelisse, la
sueur ruisselait de mon front. Démian, lui, semblait voguer
en nacelle : littéralement, ses raquettes marchaient seules
sous lui. Il ne s'accrochait nulle part, ne glissait jamais ; et
bien qu'il eût jeté ma pelisse sur son épaule, il ne cessait de
me talonner.

Nous fîmes à peu près trois verstes encore à détourner la bête. Je commençais déjà à rester en arrière ; mes raquettes glissaient, mes pieds s'embarrassaient. Tout à coup Démian s'arrêta devant moi et agita le bras. Je m'approchai ; il se baissa et, étendant la main, murmura à mon oreille :

— Voyez-vous ? la pie jacasse ; elle sent de loin l'odeur de l'ours. C'est lui.

Au bout d'une autre verste, nous rejoignîmes la piste. Ainsi, nous avions tourné autour de l'ours, et il était resté au milieu de notre circuit. Nous fîmes halte. Moi j'ôtai mon bonnet et me déboutonnai entièrement ; j'avais chaud comme dans une étuve, et j'étais trempé comme un rat d'eau. Démian, tout rouge, s'essuyait avec sa manche.

— Eh bien ! bârine, dit-il, nous avons réussi ; il faut maintenant nous reposer.

Déjà le couchant commençait à s'empourprer à travers les arbres. Nous nous assîmes sur nos raquettes et tirâmes de notre sac le pain et le sel ; j'avalai d'abord un peu de neige, puis je mordis au pain. Et le pain me parut tellement exquis que, de ma vie, je n'ai jamais rien mangé de pareil.

Nous restâmes assis quelque temps ; la nuit se faisait. Je demandai à Démian si nous étions loin du village.

— Nous en sommes à une douzaine de verstes, répondit-il. Nous arriverons de nuit. Mais à présent il faut se reposer. Passe donc ta pelisse, bârine, tu pourrais prendre froid.

Démian cassa des branches de sapin, déblaya la neige, improvisa un lit, et nous nous couchâmes côte à côte, les bras sous la tête. Je ne me souviens pas comment je m'endormis. Je me réveillai environ deux heures plus tard. Quelque chose craquait.

Mon sommeil avait été si profond, que j'avais oublié l'endroit où je m'étais endormi. Je promène ma vue autour de moi. Étrange spectacle! Où me trouvé-je donc? Des palais blancs au-dessus de moi, et des colonnes blanches, et, sur tout, d'étincelantes paillettes. Je lève les yeux : des rameaux blancs et, à travers les rameaux, une voûte sombre où brûlent des feux de diverses couleurs.

A force de regarder, je me rappelai que nous étions dans la forêt ; ce que je prenais pour des palais à colonnades, c'étaient les arbres couverts de neige et de givre; les feux, c'étaient les astres qui scintillaient dans le ciel à travers les branches.

Pendant la nuit, le givre était tombé : givre sur les branches, givre sur ma pelisse ; Démian en était tout blanc. Je le réveillai. Nous nous mîmes debout sur nos raquettes et nous partîmes.

La forêt était tranquille. On n'entendait que le bruit de nos raquettes s'enfonçant dans la neige molle, un craquement d'arbre et, répandu au loin, un sourd murmure. Une seule fois, un être vivant bruit non loin de nous et s'enfuit. Je crus que c'était l'ours : nous courûmes à l'endroit d'où le bruit était parti, et nous aperçûmes la piste d'un lièvre. Tout autour, l'écorce des trembles était fraîchement rongée. Des lièvres avaient viandé là.

Nous prîmes la route et la suivîmes, après avoir attaché nos raquettes derrière nous. La marche n'avait plus rien de

pénible. Les raquettes ballottaient et claquaient sur le chemin ; la neige criait sous nos bottes ; des glaçons se collaient
comme un duvet sur nos visages. Et, parmi les branches, les
astres couraient l'un au-devant de l'autre, s'allumant, s'étei-
gnant, comme si le ciel eût mené le branle.

Mon compagnon dormait, je l'éveillai. Nous racontons comment nous avons détourné l'ours ; nous donnons l'ordre de
réunir pour le matin les moujiks rabatteurs, puis nous sou-
pons et nous couchons.

J'étais si las que j'aurais dormi jusqu'à l'heure du dîner ;
mais mon compagnon me réveille. Je saute du lit et je
regarde : il est déjà tout habillé et, le fusil à la main, se promène dans la chambre.

— Et Démian, où est-il ?

— Dans la forêt, de puis longtemps. Il a déjà reconnu le circuit, est revenu en courant pour repartir avec les rabatteurs.

Ma toilette faite, mes fusils chargés, nous montons en traîneau, et en avant !

Le givre persistait. Tout était calme ; le soleil n'apparaissait pas encore ; un brouillard montait, et le froid se faisait
moins vif.

Après avoir suivi le chemin pendant trois verstes environ,
nous arrivons à la forêt. Nous voyons sous bois des fumées
bleues et des gens debout, moujiks et paysannes armés de
gourdins.

Ayant mis pied à terre, nous nous approchons. Les moujiks,
accroupis, grillent des pommes de terre et rient avec les
femmes.

Démian est avec eux. Il les fait tous lever et va les poster le long de notre circuit d'hier. Moujiks et paysannes, — une trentaine en tout, dont le haut du corps apparaît seul jusqu'à la ceinture, — s'enfoncent dans la forêt et se dispersent, sur un seul rang. Puis nous suivons la piste avec mon compagnon.

Le sentier, quoique foulé, n'est pas commode; mais on ne risque guère de tomber; on marche comme entre deux murs.

Au bout d'environ une demi-verste, nous regardons. Démian, avec ses raquettes, court à notre rencontre et, agitant le bras, nous fait signe de le rejoindre.

Nous nous avançons; il nous indique à chacun notre poste. Une fois placé, je jette les yeux autour de moi. A ma gauche, un grand sapin; à travers ses branches, la vue s'étend au loin. Derrière les arbres, un point noir, le moujik rabatteur. Tout contre moi, un taillis de jeunes sapins de la grandeur d'un homme, et dont les branches s'affaissent et se rejoignent par l'effet de la neige. Au milieu du taillis, un sentier encombré de neige. A ma droite, un rideau de hauts sapins et, derrière, un champ. Dans ce champ, je vois Démian postant mon compagnon.

J'examine mes deux fusils, j'en relève les chiens; puis je cherche en moi-même à quel endroit je serais le mieux placé. Derrière moi, à trois pas, j'avise un grand pin.

— Voilà... Je vais me mettre près de ce pin; j'appuierai contre le tronc mon second fusil.

Je cours au pin et, m'arrangeant un petit emplacement

d'une archine et demie, je m'y installe. Je prends un fusil à la main ; l'autre, je l'appuie contre le pin, les chiens levés. Puis je fais jouer mon couteau dans sa gaine pour voir si, en cas de besoin, il se tire aisément.

A peine installé, j'entends Démian crier dans la forêt :

— Il a débuché[1] ! Il a débuché dans l'enceinte[2] ! Il a débuché !

Aux cris de Démian, des voix diverses retentirent le long du circuit :

— Il a débuché ! Ou-ou-ou ! criaient les moujiks.

— Aï ! aï ! glapissaient les femmes.

L'ours était dans l'enceinte. Démian se mit en chasse. Partout, autour de nous, les gens poussaient des clameurs. Mon compagnon et moi restions seuls debout, muets et immobiles, attendant l'ours. Je regarde, j'écoute, mon cœur bat. Je m'appuie sur mon fusil, non sans trembler un peu.

— Voici ce qui va se passer, pensé-je. Il s'élancera, je viserai, je tirerai, il tombera...

Tout à coup, à ma gauche, j'entends quelque chose tomber sur la neige, mais assez loin. Je regarde à travers les hauts sapins : à cinquante pas environ, derrière les arbres, se tient debout quelque chose de noir et de grand.

Je mets en joue et j'attends, en me demandant s'il ne va pas s'approcher un peu plus. Je ne le perds pas de vue : il remue les oreilles, se retourne et marche à reculons. De côté je le distingue mieux. L'énorme bête ! Je vise fébrilement... Feu !

1. Terme de chasse. Sortir de son fort, en parlant du gros gibier.
2. Espace entouré par les rabatteurs.

J'entends ma balle heurter lourdement un tronc. Je regarde à
travers la fumée ; mon ours s'enfuit à reculons et se dérobe
dans la forêt.

— Eh bien ! pensé-je, mon affaire est perdue. Il ne reviendra plus sur moi maintenant ; que mon compagnon le tire, ou
qu'il passe à travers les moujiks, il ne reviendra plus sur
moi.

Toujours debout, j'avais rechargé mon arme et j'écoutai. De
tous côtés criaient les moujiks ; mais, sur la droite, non loin
de mon compagnon, j'entendis une femme hurler de toutes
ses forces :

— Le voilà ! Le voilà ! Le voilà ! Par ici ! Par ici ! O-oh ! Aï !
Aï ! Aï !

Il est évident que l'ours est en vue. J'ai perdu l'espoir qu'il
revienne de mon côté ; je jette les yeux à droite, sur mon camarade. Je vois Démian, sans raquettes, armé d'un bâton,
courir dans le sentier vers mon compagnon ; il s'accroupit
auprès de lui et lui montre quelque chose avec son bâton, en
faisant le geste de viser. Mon compagnon épaule aussitôt et
vise là où Démian lui a montré.

Feu ! Le coup est parti.

— Eh bien ! pensé-je, il l'a tué.

Seulement, j'ai beau ouvrir les yeux, je ne le vois pas courir à l'ours.

— Un raté, sans doute, ou bien il aura mal visé, pensé-je.
Maintenant la bête va se sauver à reculons, et je ne la reverrai
plus de mon côté.

Mais qu'arrivait-il ? Devant moi, tout à coup, j'entendis

quelqu'un se précipiter comme un tourbillon et, faisant jaillir la neige, haleter tout proche.

Je portai mes regards en avant; et lui droit sur moi, par le petit sentier à travers le taillis de jeunes sapins, il courait à perdre haleine, visiblement effaré par la terreur, hors de lui. Je l'apercevais, à cinq pas, la poitrine noire, la tête grande aux poils roux, fondant sur moi, soulevant la neige de toutes parts. Et je voyais, aux yeux de l'ours, qu'il ne me voyait pas, mais qu'exaspéré par l'épouvante, il courait de toutes ses forces, n'importe où. C'était sur le pin où je me tenais que le précipitait directement sa fuite aveugle.

J'épaule mon fusil, je tire, et l'ours s'est encore rapproché. Je regarde; je n'ai pas visé juste, la balle a dévié, et l'ours n'entend pas, il vient sur moi, il ne me voit toujours pas. Je baisse mon fusil, je l'appuie presque contre sa tête. Feu! Je vois que je l'ai touché en plein, mais je ne l'ai pas tué.

Il relève un peu la tête, rabat ses oreilles et, avec un rictus, m'assaille. Je saisis l'autre fusil, mais je l'ai à peine dans la main que l'ours est déjà sur moi : il me renverse dans la neige et me passe sur le corps.

— Eh bien! pensé-je, il est heureux pour moi qu'il m'ait laissé.

Je commençais à me relever, quand je sentis une pression violente. Non, il ne m'avait pas laissé. N'ayant pu retenir son élan lorsqu'il avait fondu sur moi, il m'avait dépassé; mais, se retournant aussitôt, il m'était tombé dessus de tout son poitrail.

Je sens quelque chose de lourd peser sur moi, un souffle
chaud haleter au-dessus de mon visage, — et qu'il me prend
la tête dans sa gueule. Mon nez est déjà dans sa bouche, et je
respire l'odeur chaude de son sang. Il me serre les épaules
entre ses pattes : impossible de bouger.

Je réussis cependant à replier ma tête contre ma poitrine,
et je dégage avec effort mon nez et mes yeux de sa gueule.
Mais lui, il guette l'occasion de planter ses crocs juste dans
mes yeux et mon nez. Je sens qu'il applique sa mâchoire supé-
rieure sur mon front, au-dessous des cheveux, et sa mâchoire
inférieure au-dessous de mes yeux. Il serre les dents, il commence à presser. C'est comme des couteaux qui m'entrent
dans la tête. Je me débats, je m'évertue ; et lui, il se dépêche
et comme un chien me ronge.

Je me dégage, il me saisit de nouveau.

— Eh bien, pensé-je, ma fin est venue !

Je sens tout à coup que le poids qui m'écrasait s'allège un
peu. Je regarde, il n'est plus là ; il m'a lâché et est parti.

Lorsque mon compagnon et Démian avaient vu que l'ours,
après m'avoir renversé dans la neige, se mettait à me dévorer,
ils s'étaient jetés à mon secours. En voulant arriver plus vite,
mon compagnon s'était trompé : au lieu de prendre le sentier
battu, il s'était fourvoyé à travers champs et était tombé. Tandis qu'il se retirait péniblement de la neige, l'ours continuait
à me ronger.

Quant à Démian, se trouvant sans fusil, sans autre arme
qu'une branche sèche, il avait lancé le petit chien, en criant :

— Il déchire à mort le bârine ! Il déchire le bârine !

Puis, courant à l'ours :

— Toi, vilain, criait-il, que fais-tu ? Lâche-le ! Lâche-le !
L'ours écouta, me lâcha et partit.

Lorsque je me relevai, il y avait sur la neige autant de
sang que si l'on eût coupé la gorge d'un mouton. Au-dessus
de mes yeux, la chair pendait par lambeaux ; mais, dans l'en-
traînement de la lutte, je ne sentais pas la douleur.

Mon compagnon arriva, nos gens s'assemblèrent ; on examina ma plaie, on la frotta avec de la neige. Moi, oubliant
mes blessures, je demandai :

— Où est l'ours ? De quel côté est-il allé ?

Soudain, des cris éclatent :

— Le voilà ! Le voilà !

Et nous voyons l'ours s'élancer de nouveau dans notre
direction. Nous nous jetons sur nos fusils ; mais personne
n'a encore pu tirer qu'il a déjà passé en courant. Ivre de
rage, il revenait sans doute pour achever sa proie ; mais, à la
vue de tant de monde, il avait pris peur.

Nous remarquâmes, à la piste, que le sang coulait de la
tête de l'ours. Nous voulûmes nous mettre à sa poursuite,
mais ma tête commença à me faire souffrir, et nous partîmes
pour la ville, en quête d'un médecin.

Le médecin cousit mes plaies avec de la soie ; elles gué-
rirent.

Un mois après, nous revenions chasser ce même ours ;
mais je ne réussis pas à l'achever. Il ne sortait pas de l'enceinte, mais il ne cessait de courir le long du circuit en poussant d'horribles grognements. Ce fut Démian qui l'acheva.

Mon coup de feu lui avait brisé la mâchoire inférieure et cassé une dent.

C'était un animal énorme; sa peau noire était magnifique.

Je l'ai fait empailler et placer dans ma chambre. Les plaies de mon front sont si bien guéries, qu'il est difficile d'en reconnaître l'endroit.

YERMAK

YERMAK

Sous le règne du tzar Ivan Vassilievitch Groznii[1], il y avait
de riches marchands, les Strogonov, qui vivaient à Perm, sur
la rivière Kama.

Ils ouïrent dire qu'aux bords de la rivière Kama, sur un
espace de cent quarante verstes, se trouvait une bonne terre;
les champs, depuis un siècle, n'y étaient plus cultivés; depuis
un siècle, les forêts, toutes noires, n'avaient plus été taillées.
Dans les forêts, beaucoup d'animaux; le long de la rivière,
des lacs très poissonneux; et nul ne vivait sur cette terre que,
seuls, les Tartares traversaient à de rares intervalles.

1. Ivan le Terrible.

Les Strogonov écrivirent au Tzar :

« Donne-nous ce territoire ; nous nous chargeons d'y bâtir, nous-mêmes, des bourgades, d'y recueillir les gens, et de fermer le passage aux Tartares. »

Le Tzar consentit et leur donna ce territoire. Les Strogonov envoyèrent leurs commis recruter du monde. Et il leur vint un grand nombre de gens sans ouvrage. A tout venant, les Strogonov donnaient de la terre, du bois, du bétail et quelque somme d'argent, mais à vie seulement, et à charge, en cas de besoin, d'aller combattre les Tartares. Ainsi se peupla cette contrée d'une population russe.

Vingt années se passèrent. Les marchands Strogonov s'étaient encore enrichis davantage. Ces cent quarante verstes ne leur suffisaient plus, ils en voulaient encore. A environ cent verstes se trouvaient les monts Ourals ; et ils ouïrent dire que derrière les monts Ourals existait une bonne terre, celle-là sans limites. Elle appartenait à un prince de Sibérie, Koutchoum. Koutchoum s'était d'abord soumis au Tzar russe; mais, par la suite, il entra en révolte et menaça de ruiner les bourgades de Strogonov.

Et voilà que les Strogonov écrivirent encore au Tzar :

« Tu nous as donné une terre, nous l'avons mise sous ta puissance ; maintenant le prince larron Koutchoum se révolte contre toi ; il veut nous voler cette terre et nous ruiner. Ordonne-nous d'occuper la contrée qui se trouve derrière les monts Ourals; nous nous emparerons de Koutchoum et de son pays entier, et nous le mettrons sous ta puissance. »

Le Tzar consentit et répondit :

« Si vous en avez la force, emparez-vous du royaume de Koutchoum. Seulement n'attirez point trop de monde de Russie. »

Aussitôt qu'ils eurent reçu la lettre du Tzar, les Strogonov envoyèrent leurs commis recruter d'autres gens, en leur ordonnant d'attirer surtout les Cosaques du Volga et du Don.

En ce temps-là, une foule de Cosaques habitaient les bords du Don et du Volga. Ils se réunissaient par bandes de deux cents, quatre cents, six cents hommes, élisaient parmi eux un hetman et, montant sur de grandes barques, arrêtaient, pillaient les bateaux, hivernant sur la rive, dans quelque bourgade.

Les commis arrivèrent au Volga et demandèrent :

— Quels sont les plus fameux Cosaques?

Et on leur répondit :

— Ils sont nombreux, les Cosaques. Ils ne nous laissent pas un moment de repos. Il y a Michka Tcherkachenine, il y a Sari-Azman... Mais nous n'en savons pas de pire que Yermak Timophéitch, l'hetman. Il commande près de mille hommes; et non seulement le pauvre monde, mais les marchands eux-mêmes le redoutent, et les troupes du Tzar n'osent point se mesurer avec lui.

Et les commis s'en furent trouver l'hetman Yermak pour le persuader de se rendre auprès des Strogonov. Yermak les accueillit, prêta l'oreille à leurs discours, et promit de venir avec les siens aux environs de l'Assomption.

Vers l'Assomption arrivèrent chez les Strogonov, au nombre d'à peu près six cents, les Cosaques avec l'hetman Yermak

Timophéitch. Strogonov les lâcha d'abord sur les Tartares
voisins. Les Cosaques les défirent. Puis, n'ayant plus rien à
faire, ils se répandirent dans le district, volant et pillant :

Alors Strogonov appelle Yermak, et lui dit :

— Je ne veux plus vous garder chez moi, si vous maraudez
ainsi.

Et Yermak répondit :

— Moi-même, je suis fort mécontent; mais tu ne viendras
pas à bout de mes gens, ils sont grands faiseurs de folies.
Donne-nous de la besogne.

— Allez donc, dit alors Strogonov, allez donc derrière les
monts Ourals, guerroyer contre Koutchoum, et prenez sa
terre. Le Tzar vous récompensera.

Et il montra à Yermak la lettre du Tzar.

Yermak se réjouit; il rassembla ses Cosaques, et leur dit :

— Vous me faites rougir devant le maître. Toujours à
voler ! Si vous ne vous corrigez pas, il vous renverra, et où
irez-vous ? Sur le Volga, les troupes du Tzar sont en nombre,
on vous atteindra, et il vous en cuira pour vos méfaits anté-
rieurs. Mais si vous vous ennuyez, voilà de la besogne pour
vous.

Et il leur montra la lettre du Tzar, permettant à Strogonov
de prendre la terre, derrière les monts Ourals. Les Cosaques
discutèrent et convinrent d'aller. Yermak se rendit auprès de
Strogonov, et tous deux se mirent à chercher les voies et les
moyens.

Ils supputèrent ce qu'il fallait de barques, de pains, de
bétail, de poudre, de plomb, combien d'interprètes — Tar-

tares prisonniers — combien d'Allemands armés de fusils.

Strogonov pensait :

— Cela va me coûter cher, mais il faut lui donner tout cela ; sinon ils resteront ici et me ruineront.

Il consentit donc ; puis, ayant réuni tout ce qu'il fallait, il équipa Yermak avec ses Cosaques.

Le 1ᵉʳ septembre, les Cosaques, sous le commandement d'Yermak, remontèrent la rivière Tchoussovoï sur trente-deux grandes barques, chacune chargée de vingt hommes. Après quatre jours de navigation à la rame sur le Tchoussovoï, ils débouchèrent dans la rivière d'Argent. Mais là, impossible de voguer plus loin.

Ils interrogèrent les interprètes ; ils apprirent qu'il leur fallait traverser les montagnes et faire environ deux cents verstes par terre, et qu'ensuite ils trouveraient d'autres rivières.

Les Cosaques résolurent de s'arrêter là. Ils bâtirent une ville, débarquèrent toute la cargaison, et laissèrent leurs barques. Puis, s'étant construit des chariots, ils y mirent tout et repartirent par terre, à travers les montagnes. Ce n'étaient que forêts — et pas un habitant. Au bout de dix journées de marche, ils arrivèrent à la rivière Sarovnia.

Là, ils s'arrêtèrent de nouveau quelque temps, et se mirent à fabriquer des barques, sur lesquelles ils descendirent la rivière.

Ils voguèrent cinq jours, et arrivèrent dans un pays des plus riants : des champs, des lacs, des forêts ; force poissons, force animaux, ces derniers nullement effrayés.

Ils voguèrent encore un jour, et débouchèrent dans la rivière

Toura. Là, on commença à rencontrer du monde; des bourgades tartares se montrèrent çà et là.

Yermak envoya des Cosaques reconnaître une bourgade.
Vingt hommes débarquèrent; ils terrifièrent tous les Tartares,
prirent la bourgade et firent main-basse sur tous les animaux. Des Tartares, les uns furent tués, les autres emmenés
vivants.

Yermak, par l'entremise des interprètes, demanda aux Tartares qui ils étaient, et sous quel prince ils vivaient. A quoi
les Tartares répondirent qu'ils faisaient partie du royaume de
Sibérie, et que leur tzar s'appelait Koutchoum.

L'hetman renvoya les Tartares, mais il retint auprès de lui
les trois plus intelligents, pour lui montrer le chemin.

Les Cosaques voguèrent plus loin. Plus ils voguaient, plus
la rivière s'élargissait, plus le pays devenait charmant.

Et l'on rencontrait à mesure un plus grand nombre de gens.
Mais ils n'étaient pas redoutables; et toutes les villes situées
sur la rivière, les Cosaques s'en emparaient.

Dans une bourgade, ils prirent force Tartares, dont un chef,
un vieillard. Ils lui demandèrent qui il était.

— Je suis Taouzik, répondit l'autre; je suis le serviteur de
mon tzar Koutchoum, et son lieutenant dans cette ville.

Yermak se mit à l'interroger sur son tzar.

— Sa ville de Sibir est-elle éloignée? A-t-il de grandes
forces, Koutchoum? et de grandes richesses?

Taouzik raconta tout.

— Koutchoum, dit-il, est le premier tzar du monde, et sa
ville de Sibir la plus grande des villes. Dans cette ville, dit-il,

on voit autant de gens et d'animaux que d'astres dans le ciel. Les forces du tzar Koutchoum sont innombrables ; tous les tzars ensemble ne sauraient le vaincre.

Et Yermak dit :

— Nous, Russes, sommes venus ici pour vaincre ton tzar, prendre sa ville et le soumettre au tzar russe. Nous en avons, des forces ! Ceux qui m'accompagnent, c'est l'avant-garde ; ils sont innombrables, ceux qui, derrière nous, voguent sur des barques, et tous ont des fusils. Et nos fusils percent les arbres : ce n'est point comme vos arcs et vos flèches. Regardez plutôt.

Et Yermak tira sur l'arbre, et l'arbre fut percé. Et de tous côtés, les Cosaques se mirent à tirer. Taouzik, de la peur, tomba sur ses genoux. Alors Yermak lui dit :

— Lève-toi, va trouver ton tzar Koutchoum et dis-lui ce que tu as vu. Qu'il se soumette, sinon il est perdu.

Et il rendit la liberté à Taouzik.

Les Cosaques voguèrent plus loin. Ils débouchèrent dans une rivière, le Tobol, se dirigeant toujours vers la ville de Sibir. Ils arrivent à une petite rivière, le Babassan, et regardent. Au bord une bourgade et, autour de la bourgade, une foule de Tartares.

Ils envoient un interprète demander aux Tartares qui ils sont. L'interprète revient et dit :

— Ce sont les troupes de Koutchoum. Leur commandant est le gendre de Koutchoum, Mahmedkoul. Il m'a fait venir, et m'a chargé de vous dire à tous de rebrousser chemin ; sinon, il vous mettra en pièces.

Yermak réunit les Cosaques, débarqua avec eux et tira sur les Tartares. En entendant la fusillade, les Tartares prirent la fuite. Mais les Cosaques les atteignirent, tuèrent les uns, prirent les autres. Mahmedkoul lui-même eut peine à s'échapper.

Les Cosaques voguèrent plus loin. Ils débouchèrent dans une large et rapide rivière, l'Irtis. Sur l'Irtis ils voguèrent un jour, et ils arrivèrent à une belle ville. Ils s'arrêtèrent et, débarquant, se dirigèrent vers la ville. Comme ils s'en approchaient, les Tartares les accueillirent à coups de flèches et blessèrent trois Cosaques. Yermak envoya l'interprète dire aux Tartares de rendre la ville, sous peine d'être tous taillés en pièces.

L'interprète va, revient et dit :

— Là réside le serviteur de Koutchoum, Atik Mouzza Katchara. Il a des forces considérables et dit qu'il ne rendra pas la ville.

Yermak réunit les Cosaques, et dit :

— Eh bien! les enfants, si nous ne prenons pas cette ville, les Tartares festoieront, et ils ne nous livreront point passage. Plus nous leur ferons peur, plus vite nous en viendrons à bout, Sortons tous, jetons-nous tous à la fois sur eux.

Ce qu'ils firent. Il y avait là de nombreux Tartares, et des plus vaillants.

Quand les Cosaques s'élancèrent, les Tartares se mirent à les cribler de flèches, les renversant dans la poussière, tuant les uns du coup, blessant les autres.

Les Cosaques, pris de fureur, coururent sus aux Tartares et tuèrent tous ceux qu'ils rencontrèrent.

A tout venant, les Strogonov donnaient de la terre (p. 212).

32

Ils trouvèrent dans la ville de grandes richesses, du bétail, des tapis, des fourrures et beaucoup de miel. Ils enterrèrent leurs morts et se reposèrent quelque temps. Puis ils chargèrent leur butin et voguèrent plus loin.

Ils ne voguèrent pas longtemps. Voici qu'ils virent, sur la rive, une ville, des troupes sans nombre, toutes entourées par un fossé, et le fossé muni de palissades.

Les Cosaques s'arrêtèrent, soucieux. Yermak tient conseil.

— Eh bien! enfants, que décider?

Les Cosaques perdent courage. Les uns disent :

— Ils faut passer outre.

Les autres :

— Il faut reculer.

Et de s'emporter, de tomber sur Yermak, disant :

— Pourquoi nous as-tu menés ici? Combien des nôtres déjà sont morts ou blessés! Tous, nous serons tués ici.

Et ils se mettent à pleurer.

Alors Yermak dit à son lieutenant, Ivan Koltzo :

— Eh bien, toi, Vania[1], quel est ton avis?

Et Koltzo dit :

— Mon avis? Si l'on ne nous tue pas aujourd'hui, on nous tuera demain; et si l'on ne nous tue pas demain, alors nous mourrons sans honneur dans notre lit. Mon avis est de débarquer et de fondre sur les Tartares, et que Dieu décide!

— Aï! brave Vania, s'écria Yermak. C'est ainsi qu'il faut faire. Et vous, enfants, vous n'êtes pas des Cosaques, mais

---

1. Diminutif d'Ivan.

des femmes. C'est, sans doute, uniquement pour pêcher le
grand esturgeon où faire peur aux femmes tartares que je
vous ai pris!... Mais ne voyez-vous pas vous-mêmes?... Recu-
lez, on vous tuera; passez outre, on vous tuera; demeurez,
on vous tuera. Que devenir, alors? Après la peine, le repos...
C'est comme la jument de mon père, enfants. En pente, elle
tirait; en plaine, elle tirait. Mais, à la montée, elle s'obsti-
nait, refusait de tirer, allait à reculons, trouvant la chose plus
aisée. Que fit mon père? Il prit un pieu et battit la jument.
Et elle, à force de ruer, se blessa, cassa le chariot. Mon père
la détella et l'assomma de coups. Tandis que si elle eût tiré, elle
n'aurait eu aucun mal. C'est ainsi pour nous, enfants. Il ne
nous reste plus d'autre ressource que de fondre sur les
Tartares.

Les Cosaques se mirent à rire :

— Il est évident, dirent-ils, que toi, Timophéitch, tu es plus
intelligent que nous; tu n'as donc pas à prendre conseil de
nous autres sots. Mène-nous où tu sais. De toutes les douleurs
on ne peut faire qu'une mort[1].

Alors Yermak leur dit :

— Écoutez, enfants. Voilà ce qu'il faut faire. Ils ne nous ont
pas encore vus tous ensemble. Nous nous diviserons en trois
petites troupes. Les uns, au milieu, marcheront droit contre
eux ; les deux autres troupes resteront en observation à droite
et à gauche... Lorsque ceux du milieu commenceront à s'approcher, les Tartares, convaincus que nous sommes tous là,

---

1. Proverbe russe.

sortiront. Et pendant ce temps, nous les culbuterons des deux côtés. Voilà, mes enfants. Et si nous tuons ceux-là, plus personne à craindre. Nous serons les tzars nous-mêmes.

Ainsi firent-ils. Comme ceux du milieu s'avançaient avec Yermak, les Tartares, poussant des cris, sortirent. Alors les assaillirent, sur la droite, Ivan Koltzo; sur la gauche, l'hetman Metcheriak. Les Tartares, épouvantés, prirent la fuite, et les Cosaques les tuèrent. Au centre, personne n'avait osé résister à Yermak. Ce fut ainsi qu'il entra dans la ville de Sibir, où il s'installa comme un tzar.

Chez Yermak arrivèrent les tzars avec des salutations; et les Tartares affluèrent dans Sibir. Koutchoum avec son gendre Mamedkoul, craignant de marcher droit sur Yermak, rôdaient aux alentours, et guettaient l'occasion de le perdre.

Au printemps, au moment des grandes crues, des Tartares vinrent trouver Yermak, et lui dirent :

— Mahmedkoul va marcher contre toi, il a réuni une armée nombreuse; il est sur la rivière Vaka.

Yermak, avec des Cosaques, franchit ruisseaux, marais, forêts, rivières, s'approcha furtivement, tomba soudain sur Mahmedkoul et lui tua beaucoup de monde. Même il prit Mahmedkoul vivant, et l'emmena dans Sibir. Peu de Tartares refusèrent de reconnaître son autorité; ceux qui ne s'étaient point soumis, il les battit l'été suivant; et sur l'Irtis, et sur l'Obi, Yermak conquit tant de terre, qu'en deux mois on n'en eût pas fait le tour.

Dès qu'il eut conquis toute cette terre, Yermak envoya un courrier à Strogonov avec cette lettre :

« Moi, écrivait-il, j'ai pris la ville de Koutchoum, fait Mamedkoul prisonnier et soumis le peuple entier. Mais j'ai perdu
beaucoup de Cosaques. Envoyez-nous du monde, ce sera plus
gai pour nous. Ici, la bonne terre s'étend à l'infini. »

Et il joignait à sa lettre de précieuses fourrures, renards et
martres zibelines.

Deux années se passèrent. Yermak occupait toujours la
Sibérie; mais les renforts n'arrivaient pas de Russie, et il ne
lui restait plus beaucoup de monde.

Un jour, le Tartare Karatcha lui envoya un courrier :

« Nous nous sommes soumis à toi, disait-il, mais les Nogaïs
nous attaquent. Envoie tes braves à notre secours. Nous con-
querrons ensemble les Nogaïs. Nous ne ferons pas de mal à
tes braves, nous le jurons. »

Yermak eut foi dans leur serment, et laissa partir Ivan
Koltzo avec quarante hommes. A peine ils arrivaient, que les
Tartares se jetaient sur eux et les tuaient. Ce qui réduisit
encore le nombre des Cosaques.

Une autre fois des marchands de Boukharie envoyèrent dire
à Yermak qu'ils s'étaient réunis pour apporter des marchandises dans sa ville de Sibir, mais que Koutchoum barrait
le chemin avec ses troupes, et ne leur permettait pas de
passer.

Yermak prit avec lui cinquante des siens, et partit pour
ouvrir le chemin aux Boukhariens. Il arriva aux bords de
l'Irtis : pas de Boukhariens. Il s'arrêta pour passer la nuit.

Il faisait nuit noire, et il pleuvait. Comme les Cosaques venaient de se coucher, des Tartares, sortis on ne sait d'où, se

jetèrent sur les dormeurs et se mirent à frapper. Yermak, se
levant, lutta énergiquement. Blessé au bras d'un coup de couteau, il courut se jeter dans la rivière. Les Tartares le poursui-
virent. Il était déjà dans les flots. Mais on ne put l'atteindre.
Son corps ne fut jamais retrouvé ; et personne ne sait comment
il est mort.

Le lendemain arrivèrent les renforts du tzar russe ; et les
Tartares ne tardaient pas à se soumettre.

DOSTOÏEVSKY

L'ARBRE DE NOËL

DES PAUVRES PETITS

DOSTOÏEVSKY

Celui qui devait vouer sa vie et son œuvre à l'amour maladif de l'humanité misérable, naquit en 1821, à Moscou, dans l'hôpital des pauvres, où son père, un médecin militaire retraité, était attaché. Féodor Mikhaïlovitch Dostoïevsky, après quelques années d'études passées dans une pension assez renommée de Moscou, fut envoyé avec son frère Alexis, en 1837, après la mort de sa mère, à l'École des Ingénieurs militaires de Saint-Pétersbourg.

Avec ses penchants littéraires qui déjà se manifestaient, Dostoïevsky suivait sans grand enthousiasme les cours ennuyeux et spéciaux de l'École. Toujours solitaire et taciturne, il employait son temps à lire : Pouchkine, Gogol, Balzac, Schiller, Gœthe, Hoffmann, Victor Hugo, et surtout George Sand, étaient ses auteurs préférés.

Il quitta l'École en 1843, avec le grade de sous-lieutenant. Mais le démon des lettres le tentait : un an après il donnait sa démission pour se livrer uniquement à ses occupations littéraires. Alors il connut la pauvreté ; il dut, pour vivre, donner des traductions de George Sand. Un mal terrible, l'épilepsie, dont il ressentit à cette époque les premiers accès, contribua encore à l'aigrir. « Il était bien tel dès lors que nous l'avons connu sur son déclin, » a dit de lui M. Melchior de Vogüé ; « un frêle et vivace faisceau de nerfs exaspérés, une âme féminine dans l'enveloppe d'un paysan russe ; concentré, sauvage, halluciné, avec des flots de vague tendresse qui lui noyaient le cœur quand il regardait les basses régions de la vie. » En 1845, il écrivait, à vingt-trois ans, son premier roman : *Pauvres gens*, qui le sacra d'emblée grand écrivain. « Œuvre de tendresse, sortie du cœur tout d'un jet, » — ainsi la

qualifie le critique déjà cité — « Dostoïevsky y a déposé toute sa nature,
sa sensibilité maladive, son besoin de pitié et de dévouement, son
amère conception de la vie, son orgueil farouche et toujours endolori...»
D'autres romans suivirent : sa renommée grandissait, lorsqu'un événement tragique vint ravager son existence.

Dostoïevsky faisait partie d'un petit cercle de socialistes, où l'on
tonnait contre la censure, le servage, les abus administratifs. Il était
parmi les modérés du groupe : un rêveur comme lui eût été incapable
de passer de la théorie à l'action. Néanmoins, le 23 avril 1849, il fut
arrêté avec ses camarades, interné, interrogé par les commissaires
enquêteurs, prévenu « d'avoir participé aux discussions sur la sévérité
de la censure » et condamné à être fusillé. La sentence de la cour mar-
tiale fut lue aux accusés le 22 décembre, en présence de l'échafaud.
Pendant vingt longues minutes, ils durent croire que leur dernière
heure était venue. Déjà les fusils étaient chargés, les premiers com-
mandements prononcés, lorsque arriva la grâce de l'Empereur. La peine
de Dostoïevsky était réduite à quatre ans de travaux forcés. Le 24 décembre, il s'achemina avec ses compagnons vers la Sibérie, les fers aux
mains, la tête rasée, comme un forçat. Ce qu'il souffrit là-bas, dans la
compagnie de vulgaires malfaiteurs, forcé de tourner la meule dans les
fours à albâtre, exposé aux coups de knout, sans jamais pouvoir, lui,
homme de pensée, ni lire ni écrire, — il l'a conté lui-même, avec quelle
intensité tragique ! — dans un livre qu'il écrivit au sortir du bagne :
Souvenirs de la maison des morts.

Libéré enfin, il dut passer encore cinq ans en Sibérie, comme simple
soldat, et ensuite comme officier subalterne, jusqu'à ce que, grâce à
ses démarches et aux efforts de ses amis de Saint-Pétersbourg, il lui
fût permis de rentrer en Russie. C'était en 1859 : son exil avait duré
dix ans. Accablé par d'ingrates besognes de journaliste, par sa lutte
contre la misère, persécuté par ses créanciers, secoué par l'épilepsie,
mais conservant, malgré tout, ainsi qu'il l'écrivait « une vitalité de
chat », il publia de nombreux romans, de 1865 à 1880 : *Crime et châti-*
ment, son chef-d'œuvre; *l'Idiot, Possédés, les Frères Karamasov,* pour
ne citer que les plus remarquables.

Dostoïevsky jouissait, de son vivant, d'une popularité qui touchait
même, dans la dernière année de sa vie, à l'enthousiasme. Quand il
mourut, le 9 février 1881, une foule envahit sa modeste demeure pour

contempler encore une fois les traits du célèbre écrivain ; et le jour des funérailles, cent mille personnes, toutes les classes de la société confondues dans une même expression de regret, les puissants et les misérables, accompagnèrent à sa dernière demeure celui qui, dans toutes ses œuvres, de « *Pauvres gens* » au « *Noël des pauvres petits* », avait salué, glorifié, divinisé « toute la souffrance de l'humanité... ».

L'ARBRE DE NOËL

DES

PAUVRES PETITS

Un tout petit garçon d'environ six ans, ou moins encore, s'éveilla un matin dans une espèce de cave humide et froide. Vêtu d'un méchant petit pardessus, il grelottait, et son haleine s'échappait en buée blanche. Assis sur une malle et s'ennuyant dans son coin, il s'amusait à expirer cette buée et à la regarder s'évanouir; mais il avait très faim; plusieurs fois dans la matinée, il s'était approché du lit en planches où sa mère malade reposait sur une paillasse mince comme une crêpe, la tête appuyée sur un paquet de chiffons en guise d'oreiller.

Comment se trouvait-elle là? Elle était sans doute arrivée avec son garçonnet d'une autre ville, et était tombée tout d'un

coup malade. Les habitants de la pièce, dont chaque coin
avait son locataire à part, s'étaient dispersés : c'était un jour
de fête ; un seul était resté couché, ivre-mort depuis la veille,
estimant sans doute que la fête était trop lente à venir.

Une vieille octogénaire rhumatisante gémissait dans un
autre coin de la chambre; elle avait été employée dans le
temps, on ne sait où, comme bonne d'enfants, et maintenant
elle se mourait, seule, en geignant et en grognant contre le garçonnet, qui finit par avoir peur de s'approcher de son coin.
Il avait bien trouvé à boire quelque part dans le vestibule;
mais il n'arrivait pas à obtenir un bout de croûte, et, pour la
dixième fois déjà, il revenait auprès de sa mère, qu'il s'effor-
çait de réveiller. Il finit par s'effrayer au milieu de cette
obscurité : depuis longtemps déjà il ne faisait plus clair, et on
n'allumait pas encore de feu. Après avoir tâté le visage de sa
mère, il fut très étonné de la sentir tout à fait immobile et
aussi froide que le mur.

— Il fait très froid ici, pensa-t-il.

Il resta encore quelque temps auprès de sa mère, en tenant
sa petite main sur l'épaule de la morte, souffla sur ses doigts
pour les réchauffer et, saisissant sa casquette qui lui était
tombée sous la main, il sortit à tâtons de la cave. Il fût parti
plus tôt, n'eût été sa peur du gros chien qui hurlait toute la
journée dans l'escalier, près de la porte du voisin ; mais le
chien n'y était plus et le garçonnet sortit vivement dans la rue.

Bon Dieu ! quelle ville ! Il n'a jamais rien vu de pareil. Là-
bas, dans le pays d'où il est arrivé, on ne voit la nuit ni ciel,
ni terre ; une seule lanterne éclaire toute la rue ; des volets

Il est pris d'angoisse parce qu'il se sent seul et délaissé... (p. 268).

barricadent les croisées de chétives masures en bois, dans la
rue on ne rencontre plus personne aussitôt le jour tombé, tout
le monde s'enferme dans les maisons ; plus rien que des bandes
de chiens, des centaines, des milliers de chiens, qui hurlent
et qui aboient toute la nuit. Mais en revanche il faisait chaud
là-bas, on lui donnait à manger, tandis qu'ici, quel fracas, que
de monde, que de chevaux, que de voitures, et surtout ce
froid, ah, ce froid ! Une vapeur congelée s'échappe des narines
des chevaux fouettés et haletants ; leurs sabots ferrés font
résonner les pierres à travers la neige friable, tout le monde
se pousse à qui mieux mieux, et lui, bon Dieu, il a tellement
faim qu'il se contenterait de n'importe quoi ! Et, par surcroît
de malchance, ses petits doigts se mettent tout d'un coup à
lui faire si mal !

Voici une autre rue. Oh ! qu'elle est large, celle-ci ! On
risque d'y être écrasé à chaque pas ! Quelle rumeur, quel va-
et-vient, et que de lumières, que de lumières ! Et ceci, qu'est-ce
donc ? Ah ! quelle énorme vitre ! On voit à travers cette vitre
une belle pièce, et dans cette pièce un arbre s'élevant jusqu'au
plafond ; c'est un arbre de Noël, brillant de milliers de feux
et de papiers dorés, et chargé de pommes, de petites poupées
et de minuscules chevaux ; là, des enfants propres et parés
s'amusent, rient et jouent, mangent et boivent. Voilà une fillette
mignonne qui se met à danser avec un garçonnet ; quelle
jolie fillette ! On entend la musique même à travers la vitre.
Le pauvret regarde, s'étonne et rit, quoiqu'il ait déjà mal aux
pieds et aux doigts, — ses doigts glacés, maintenant tout à
fait rouges, et qu'il ne peut plus fléchir à cause de la douleur.

Il se souvient brusquement de cette douleur, fond en larmes,
et court plus loin.

Voici encore une vitre et une autre pièce ; il voit encore un
arbre et des tables chargées de gâteaux de toutes sortes et de
toutes couleurs, d'amandes rouges et jaunes ; quatre riches
dames les distribuent à quiconque vient de la rue par la porte
qui s'ouvre à chaque instant et qui laisse entrer beaucoup de
monde. Le petit garçon s'approche furtivement, pousse d'un
geste brusque les battants et entre, lui aussi. Ah ! quel cri,
quelle indignation ! Une dame s'approche vivement, lui glisse
dans la main un sou, et s'empresse d'ouvrir la porte pour le
faire sortir. Comme il a peur, le pauvret ! Le sou tomba aussitôt de ses menottes et résonna sur les marches de l'escalier :
c'est qu'il n'avait pu fléchir ses petits doigts rougis pour le
retenir.

Il sort donc et se met à courir bien vite sans savoir où ; il
a envie de pleurer encore, mais il a peur et il court toujours
en soufflant sur ses petits doigts gelés. Il est pris d'angoisse
parce qu'il se sent seul et délaissé... Et, tout d'un coup, ô ciel !
mais qu'est-ce donc encore ! une foule se tient devant une
vitre et admire quelque chose : derrière la vitre, trois petites
poupées habillées de robes rouges et vertes, — tout à fait,
tout à fait vivantes ! Un vieillard a l'air de jouer sur un grand
violon, deux autres se tiennent à côté et promènent leur
archet sur des instruments plus petits : ils secouent leurs
têtes en mesure, se regardent l'un l'autre, leurs lèvres remuent,
ils causent sans doute, mais malheureusement on ne les
entend pas à travers la vitre.

Le garçonnet pensa, d'abord, qu'ils étaient vivants, mais il comprit bientôt que ce n'étaient que des poupées, et se mit à rire. Il n'en avait jamais vu ainsi et ne savait même pas qu'il en existât de telles. Il eut encore l'envie de pleurer — mais en même temps les poupées lui semblaient si drôles !

Tout à coup il lui sembla que quelqu'un le saisissait par derrière : un grand garçon méchant était à côté de lui ; il lui envoya, Dieu sait pourquoi, un terrible coup de poing sur la tête, lui arracha sa casquette et la jeta violemment par terre. Le malheureux entendit des cris autour de lui. Tout ahuri, il se leva et courut sans savoir où... Il se trouva soudain dans une cour et se cacha derrière du bois à brûler :

— Ici, on ne me découvrira pas, songeait-il, et puis il ne fait pas clair.

Il s'accroupit et se recroquevilla ; l'effroi l'oppressait, il respirait péniblement ; mais tout d'un coup il se sentit si bien, ses menottes, ses pieds ne lui faisaient plus mal, et il avait chaud, chaud comme s'il eût été couché sur un poêle [1]. Brusquement, tout son petit corps fut secoué d'un frisson : c'est qu'il avait failli s'endormir. Qu'il serait bon de faire un somme ici !...

— Je me reposerai un peu, et après j'irai encore voir les poupées, pensa le garçonnet qui sourit à ce souvenir ;... absolument comme des personnes vivantes !

Soudain, il croit entendre sa mère chanter près de lui.

— Maman, je dors, ah ! qu'il fait bon dormir ici.

1. En Russie, les poêles sont assez larges et dégagent une chaleur assez modérée pour pouvoir servir de lits.

— Viens voir mon arbre de Noël, mon petit, chuchota à son oreille une voix douce.

Il croit d'abord que c'est toujours sa mère, mais non, ce n'est pas elle. Qui donc l'appelle ainsi? Il n'y voit pas, mais quelqu'un se penche sur lui et l'embrasse dans l'obscurité, tandis que lui tend la main; et, tout d'un coup, ah! quelle lumière! quel arbre de Noël! Non, pas même... il n'a jamais vu d'arbres pareils! Où se trouve-t-il donc? Quelle splendeur! quel éclat! et que de poupées tout autour!... mais il reconnaît bientôt que ce sont de vrais garçons, de vraies fillettes, bien que leurs visages lui paraissent d'une sérénité surnaturelle. Ils tournent et volent autour de lui, l'enlacent, l'embrassent, l'entraînent avec eux; lui aussi, il vole comme les autres, et il aperçoit sa mère qui le regarde avec joie et sourit en le voyant voltiger.

— Maman, maman, qu'il fait bon ici, s'écrie-t-il en embrassant les enfants.

Et il se hâte de parler des belles poupées qu'il a vues à travers la vitre.

— Qui êtes-vous, chers garçons et fillettes? leur demande-t-il en souriant.

— C'est l'arbre de Noël de Jésus, lui répondent-ils. Le Christ a toujours un arbre de Noël ce jour-ci, pour les petits enfants qui n'en ont pas là-bas...

Et il apprend alors que tous ces garçons, toutes ces fillettes, sont des enfants comme lui : les uns, abandonnés par leurs mères, morts de froids dans leurs berceaux, exposés dans les escaliers, aux portes des fonctionnaires pétersbourgeois; les

autres, étouffés chez les nourrices de la campagne chargées
de leur entretien par l'hospice des enfants trouvés ; ceux-ci,
morts sur les mamelles taries de leurs mères ; ceux-là,
asphyxiés par l'air confiné des wagons de troisième classe. Ils
sont tous ici, à présent, ces enfants : pareils aux anges, ils
entourent le Christ. Le voici lui-même qui leur tend les mains
et les bénit ainsi que leurs mères. Celles-ci se tiennent à côté
et pleurent ; chacune d'elles reconnaît son fils ou sa fille : ils
volent vers leurs mamans, les embrassent, essuient leurs
larmes avec leurs petites mains, et les supplient de ne pas
pleurer puisqu'ils sont si bien ici...

Le lendemain, le concierge trouva derrière le bois à brûler
le petit cadavre gelé du garçonnet égaré.

GARCHINE

QUATRE JOURS

SUR LE CHAMP DE BATAILLE

GARCHINE

Vsévolod Garchine naquit le 2 février 1855, dans le domaine que sa grand'mère possédait dans le gouvernement d'Ekatérinoslav. Il avait quatre ans lorsque, au moment où il sortait avec sa mère d'une église, un inconnu, un vieillard, s'approcha d'eux et, en contemplant le garçonnet d'un air ravi, dit à sa mère :

— Votre enfant est extraordinairement beau, mais ce n'est pas de la beauté d'un ange : il me rappelle le « saint Jean-Baptiste » que j'ai vu à l'étranger, à la galerie de Dresde.

Ses yeux surtout, — grands, clairs, aux longs cils, — ses yeux étaient admirables : dès son enfance, ils reflétaient la bonté, la douceur, avec une nuance de mélancolie. De bonne heure, il se montra nerveux et impressionnable jusqu'à l'excès. A Starobielsky, où la famille Garchine habitait pendant la guerre de Crimée, des régiments de cavalerie ne cessaient de défiler, les uns partant, les autres arrivant. Les officiers venaient souvent chez les Garchine, et leurs récits n'en finissaient plus sur les horreurs et les hauts faits du siège de Sébastopol. L'enfant écoutait avidement ; un jour, il prit la résolution de s'en aller guerroyer, lui aussi. Plusieurs fois il fut sur le point de partir : il commandait au cuisinier des petits pâtés, faisait de son linge un paquet qu'il se chargeait sur l'épaule et venait, ainsi équipé, prendre congé de ses parents. Ces adieux n'allaient point sans d'abondantes larmes ; mais, cédant aux exhortations des siens, il consentait à remettre son départ au lendemain. Le lendemain, il oubliait son projet pour quelques jours ; puis son humeur aventureuse l'emportait de nouveau.

En 1864, à l'âge de neuf ans, il entra dans un lycée de Saint-Pétersbourg. Il y fut un élève ordinaire, sauf dans les devoirs de style, où il excellait. Vers la fin de 1872 se manifestèrent les premiers symptômes de la maladie mentale qui devait, quinze ans plus tard, le conduire au suicide. Il s'occupait avec ardeur de galvanoplastie, organisait un laboratoire de chimie, installait le gaz dans l'appartement de son frère aîné, etc., et il attachait une telle importance à ces occupations, qu'il engageait ses camarades à l'imiter et blâmait énergiquement le directeur du lycée, coupable de ne point partager ses goûts. Ses bizarreries, son agitation, ses crises de nerfs attirèrent enfin l'attention, et il fut conduit dans une maison de santé.

Guéri, il acheva ses études et entra, en 1874, à l'Ecole des Mines. Il se lia, à cette époque, avec de jeunes peintres dont les théories esthétiques exercèrent sur lui une influence profonde. L'exposition des tableaux de Véretschaguine, qui eut lieu cette même année, impressionna si vivement Garchine, que son émotion se fit jour dans une poésie qui nous le montre enclin à voir, dans l'art, non seulement des délices esthétiques, mais aussi un noble moyen de servir l'humanité et la patrie. Les toiles de Véretschaguine, presque toutes inspirées de scènes militaires, le disposèrent à considérer la guerre comme une terrible tragédie de sang et de carnage, où la patrie perd les meilleurs de ses fils, une tragédie dont aucuns résultats, si brillants qu'ils soient, ne sauraient effacer l'horreur. Néanmoins, estimant que l'impôt du sang incombe également à tous les citoyens d'un même pays et que tous doivent prendre leur part de la calamité publique, Garchine s'engagea lors de la guerre russo-turque, à laquelle il emprunta le sujet d'admirables récits.

Dans l'une des deux batailles auxquelles il assista, il fut blessé. Le rapport du commandant signalait ainsi la vaillance du jeune volontaire : « Le troupier Garchine, par l'exemple de sa bravoure, a entraîné ses camarades à l'attaque, au cours de laquelle il a reçu une blessure à la jambe. »

Après la guerre, rentré à Saint-Pétersbourg, il s'adonna complètement à la littérature, et débuta par la nouvelle que nous donnons ci-après : *Quatre journées sur le champ de bataille*. Le retentissement en fut considérable. La critique et le public furent unanimes à saluer, comme d'un maître, ces pages où l'émotion la plus intense s'allie à la plus poignante observation.

Brusquement, vers le printemps de la même année 1878, la joie d'un

pareil succès littéraire fut assombrie par une angoisse inexplicable et
sans cause apparente. C'était sa maladie qui le reprenait. Tous les
printemps elle le tourmentait, pour disparaître en automne. Alors
Garchine retrouvait son énergie, sa sérénité, son ardeur au travail. En
1880, il perdit de nouveau la raison : sa folie, cette fois, dura environ
deux années. Guéri, du moins en apparence, il se remit à ses occupations littéraires ; mais la maladie ne l'avait pas quitté pour toujours :
la même angoisse inexplicable de nouveau pesait sur lui à chaque
printemps. Le 19 mars 1888, dans un accès d'humeur noire, il se pré-
cipita dans la cage de l'escalier : le 24, il expirait, à peine âgé de
trente-trois ans...

QUATRE JOURS

SUR LE CHAMP DE BATAILLE

Je me souviens... Nous courions dans un bois, les balles
sifflaient, des branches tombaient, nous traversions des four-
rés d'aubépine. Les coups de fusil devinrent plus fréquents,
Quelque chose de rouge passa vivement, çà et là, vers la lisière.
Sidoroff, un tout jeune soldat de la 1re compagnie (« comment
est-il tombé dans notre détachement? » pensais-je), s'affaissa
tout d'un coup et me regarda de ses grands yeux effrayés. De

sa bouche coulait un filet de sang. Oui, je m'en souviens très
bien. Je me rappelle aussi *l'*avoir rencontré, *lui*, dans un hal-
lier, presque à la lisière... C'était un Turc grand et gros, mais je
courais droit vers lui, tout faible et maigre que je fusse. Un
craquement retentit, quelque chose d'énorme me sembla passer rapidement; en même temps je sentis un tintement dans
les oreilles.

— C'est *lui* qui a tiré sur moi, pensai-je.

Et lui, poussant des cris d'horreur, s'appuya du dos contre
un épais buisson d'aubépine. Il aurait pu se transporter de
l'autre côté du buisson, mais son épouvante lui faisait perdre
la tête, et il se heurtait contre les rameaux piquants. D'un coup
je lui fis lâcher son fusil, d'un autre j'enfonçai je ne sais où
ma baïonnette. J'entendis quelque chose gémir ou plutôt
mugir.

Je courus plus loin. Les nôtres criaient « hourra ! » tombaient, tiraient. Je me rappelle avoir tiré, moi aussi, plusieurs
coups après être sorti du bois, dans une clairière. Tout à
coup, le « hourra ! » devint plus fort, et nous nous mîmes à
avancer tous à la fois. C'est-à-dire, non pas nous, mais les
nôtres, puisque j'étais resté en arrière. Cela me sembla
étrange. Mais ce qui me surprit encore plus, c'est que tout
disparut brusquement, tous les cris, tous les coups de fusil
cessèrent. Je n'entendais plus rien, je voyais seulement quelque chose de bleu ; c'était sans doute le ciel. Puis le ciel lui-
même s'effaça.

... Je ne me suis jamais trouvé dans une situation aussi
étrange. Il me semble que je suis couché sur le ventre, et je

ne vois devant moi qu'un petit espace de terre. Quelques brins
d'herbe, sur l'un d'eux une fourmi marchant la tête en bas,
des détritus végétaux, voilà tout mon univers. Et encore ne le
vois-je que d'un seul œil, l'autre étant fermé par quelque
chose de dur, sans doute le rameau sur lequel s'appuie ma
tête. Je suis dans une position extrêmement mal commode,
je veux me remuer, mais je ne comprends absolument pas
pourquoi je ne peux faire le moindre mouvement. Ainsi passe
le temps. J'entends le bruit de sauterelles, le bourdonnement
d'une abeille ; rien de plus. Enfin je fais un effort, je dégage
ma droite de dessous mon corps et, les deux mains appuyées
sur la terre, je cherche à me soulever sur les genoux.

Quelque chose d'aigu et de rapide comme l'éclair me traverse tout entier, des genoux à la poitrine et à la tête, et je
retombe. De nouveau, tout s'obscurcit, tout s'efface.

... Je me suis réveillé. Pourquoi vois-je les étoiles qui
brillent d'un éclat si vif sur le ciel bleu-noir de la Bulgarie ?
Ne suis-je pas dans la tente ? Pourquoi en suis-je sorti ?
Je fais un mouvement et je ressens une douleur lancinante
aux jambes.

Oui, j'ai été blessé dans le combat. Grièvement ou non ? Je
me tâte les jambes, à l'endroit où elles me font mal. Et toutes
deux sont couvertes de sang caillé. Quand je les touche avec
les mains, la douleur devient encore plus forte. C'est comme
le mal aux dents : continu, poignant à vous arracher l'âme.
Mes oreilles bourdonnent, ma tête est lourde. Je comprends
vaguement que je suis blessé aux deux jambes. Qu'est-ce
donc ? Pourquoi ne m'a-t-on pas ramassé ? Les Turcs nous ont-

36

ils donc mis en déroute? Je commence à me rappeler ce qui
m'est arrivé, d'abord vaguement, puis plus nettement, et j'arrive à la conclusion que nous ne sommes pas du tout vaincus :
parce que je suis tombé (cela, du reste, je ne me le rappelle
pas ; je me souviens seulement que tout le monde a volé en
avant, tandis que moi je ne pouvais courir, et il ne m'est resté
que quelque chose de bleu devant les yeux) — parce que je
suis tombé sur le petit pré, au sommet de la colline. Ce petit
pré nous avait été indiqué par notre chef de bataillon.

— Mes braves, nous y arriverons ! nous cria-t-il de sa voix
sonore.

Et nous y sommes arrivés ; donc nous ne sommes pas en
déroute... Pourquoi donc ne m'a-t-on pas ramassé? Cependant
ce pré est ouvert de tous côtés, la vue s'étend au loin, et certes,
il n'y a pas que moi qui sois couché ici. Leur fusillade était si
nourrie! Il faut que je tourne la tête et que je regarde.
Maintenant cela me sera plus commode, car au moment où,
réveillé, et me soulevant, j'apercevais les brins d'herbe et la
fourmi rampant la tête en bas, je ne suis pas retombé dans la
même position, mais je me suis retourné sur le dos. C'est
justement pour cela que je vois ces étoiles.

Je me lève et je m'assois. C'est difficile quand on a les
deux jambes brisées. Plusieurs fois je suis pris de désespoir ;
enfin je parviens à me mettre sur mon séant ; une douleur
me point les yeux et m'arrache des larmes.

Au-dessus de moi apparaît un pan de ciel bleu-noir, où
brillent une grande étoile et plusieurs petites ; tout autour,
quelque chose de sombre se dresse. Ce sont des buissons : ils

m'ont caché à la vue des nôtres, voilà pourquoi on ne m'a pas découvert.

Je sens les racines de mes cheveux se dresser sur ma tête.

Cependant comment me retrouvé-je dans les buissons, s'ils ont tiré sur moi dans le petit pré ? Blessé, j'ai dû ramper jusqu'ici sans en avoir conscience, à cause de la douleur. Seulement il est étrange que je ne puisse plus remuer maintenant, tandis qu'alors j'ai pu me traîner jusqu'à ces buissons ! Peut-être n'avais-je à ce moment-là qu'une blessure, et qu'une deuxième balle est venue m'achever ici.

Des taches d'un blanc rosâtre commencent à tourner rapidement autour de moi. La grande étoile a pâli, plusieurs des petites ont disparu. C'est la lune qui se lève. — Comme on est bien maintenant à la maison !...

Des bruits singuliers arrivent jusqu'à moi... Comme si quelqu'un gémissait. Oui, c'est un gémissement. Serait-ce encore un oublié qui est couché à côté de moi, les jambes brisées ou une balle dans le ventre ? — Non, les gémissements sont si proches, et cependant, il me semble qu'il n'y a personne à côté de moi... Mon Dieu, mais c'est moi-même ! Ce sont des gémissements si faibles et si plaintifs !... Cela me fait-il donc réellement si mal ? Sans doute que oui. Seulement je ne comprends pas cette douleur, parce que j'ai dans la tête du brouillard, du plomb... Mieux vaut me coucher de nouveau, et m'endormir... Mais est-il bien sûr que je me réveillerai ? Il n'importe.

Au moment où je vais me coucher, une large bande pâle de lumière lunaire éclaire nettement la place où je suis couché, et je

distingue quelque chose de sombre et de grand, étendu environ à cinq pas de moi. Par places, on voit reluire des reflets.
Ce sont des boutons ou des effets d'équipement. C'est ou
bien un cadavre ou bien un blessé.

C'est égal, je me coucherai...

Non, ce n'est pas possible! Les nôtres ne sont pas partis.
Ils ont débusqué les Turcs et occupé cette position. Pourquoi
donc n'entend-on pas le bruit des conversations ni le pétil-
lement des feux? Mais c'est ma faiblesse qui m'empêche
d'entendre. Ils sont sûrement ici.

— Au secours! Au secours!

Des sanglots sauvages, insensés, rauques, s'échappent de
ma poitrine, mais ils restent sans réponse. Ils résonnent
fortement dans l'air de la nuit. Puis tout redevient silencieux,
Rien que les grillons qui bourdonnent toujours infatigable-
ment. La lune me regarde, avec pitié, de sa face ronde.

Si *lui* était blessé, ce cri l'aurait réveillé. C'est un cadavre.
Un des nôtres ou un Turc? Ah! mon Dieu, comme si cela
n'était pas indifférent! Et le sommeil clôt mes yeux enflammés.

Je suis couché, les yeux fermés, quoique je sois réveillé
depuis longtemps. Je ne veux pas les ouvrir, parce que je
sens à travers mes paupières la lumière du soleil; si je les
ouvrais, elle les brûlerait. Et puis il vaut mieux ne pas remuer...
Hier (il me semble que c'était hier!) j'ai été blessé; un jour
s'est passé, un deuxième se passera, je mourrai: que m'importe? Il vaut mieux ne pas remuer. Que mon corps reste
immobile. Comme il serait bon aussi d'arrêter le travail du

cerveau ! Malheureusement, cela m'est impossible. Des pensées, des souvenirs obsèdent mon esprit. Il est vrai que cela
ne durera pas longtemps : bientôt arrivera la fin. Quelques
lignes dans les journaux... que nos pertes ne sont pas considérables... tant de blessés... un volontaire, nommé Ivanoff,
a été tué... Non, on n'écrira même pas le nom ; on dira simplement : un seul tué... Un seul troupier... Et je songe à certain petit chien...

Un vrai tableau se représente nettement à mon imagination.
C'était il y a longtemps : du reste, tout, toute ma vie, cette
vie où je n'étais pas encore couché ici, les jambes brisées, se
passait il y a si longtemps !... Je marchais dans une rue ; un
groupe de curieux m'arrêta. La foule regardait silencieusement
quelque chose de blanc, couvert de sang et poussant des cris
plaintifs. C'était un beau petit chien ; un tramway lui avait
passé dessus. Il mourait comme je meurs maintenant. Un
concierge fendit la foule, prit le petit chien au collet et l'emporta. La foule se dispersa.

Y aura-t-il quelqu'un pour m'emporter ? Non, reste couché et
meurs. Et cependant comme la vie est belle ! Le jour où le malheur arriva au petit chien, j'étais heureux. Je marchais dans
une sorte d'enivrement, et il y avait de quoi. Vous, mes souvenirs, ne me tourmentez pas ! Laissez-moi en paix ! Bonheur
passé, douleurs présentes... J'aimerais mieux n'avoir connu
que des douleurs, ne pas être tourmenté par des souvenirs qui
m'entraînent malgré moi à des comparaisons. Ah ! bonheurs
passés, beaux rêves évanouis ! Vous êtes pires que des blessures.

Cependant il commence à faire chaud. Le soleil brûle. J'ouvre les yeux, je vois les mêmes buissons, le même ciel, — seulement à la clarté du jour. Voici mon voisin. Oui, c'est un Turc, un cadavre. Qu'il est énorme ! Je le reconnais : c'est le même...

Devant moi est couché un homme tué par moi. Pourquoi l'ai-je tué ?...

Il est couché ici, mort, couvert de sang. Pourquoi le sort l'a-t-il amené ici? Qui est-il? Peut-être a-t-il comme moi une vieille mère !... Pendant longtemps elle demeurera assise, le soir, à la porte de sa pauvre chaumière, et regardera vers le nord lointain si son fils chéri, son soutien, son nourricier, n'arrive pas.

Et moi? moi aussi... Je changerais même avec lui. Comme il est heureux ! il n'entend rien, il ne sent ni douleur, ni mortelle angoisse, ni soif... La baïonnette lui est entrée droit dans le cœur... Voici, sur son uniforme, un grand trou noir; autour de lui, du sang. *C'est moi qui ai fait cela.*

Je ne le voulais pas. Je ne voulais du mal à personne, lorsque j'allais me battre. L'idée que j'aurais, moi, aussi, à tuer des hommes ne s'offrait pas à mon esprit. Je me représentais seulement comment j'offrirais ma poitrine aux balles. J'ai marché et je l'ai offerte.

Eh bien ! qu'est-il arrivé? Sot! sot! Et ce malheureux Fellah (il porte l'uniforme égyptien) est encore moins coupable. Avant qu'on les eût embarqués sur un bateau, comme des harengs dans un tonneau, et amenés à Constantinople, il n'avait jamais entendu parler ni de la Russie, ni de la Bulgarie.

On lui avait ordonné de marcher et il avait marché. S'il ne
l'avait pas fait, on l'aurait frappé d'un bâton, ou bien un pacha
lui aurait envoyé une balle de revolver. Il avait effectué une
longue et pénible marche de Stamboul à Roustchouk. Nous
l'avions attaqué, il s'était défendu. Mais voyant que nous
étions des gens terribles, ne craignant pas sa carabine anglaise
brevetée de Pibaudy et Martini, que nous avancions toujours
et quand même, il avait été pris de terreur. Comme il voulait
se sauver, un petit homme, qu'il aurait pu assommer d'un
seul coup de son poing noir, s'était jeté brusquement sur lui
et lui avait enfoncé sa baïonnette dans le cœur.

En quoi donc était-il coupable ?

Et moi, en quoi suis-je coupable, quoique je l'aie tué ? En
quoi suis-je coupable ? Pourquoi la soif me tourmente-t-elle ?
La soif ! Qui sait ce que ce mot signifie ! Même au moment où
nous traversions la Roumanie en faisant, par une horrible
chaleur de 40°, des marches de cinquante verstes, même alors
je n'éprouvais pas ce que j'éprouve maintenant. Ah ! si quelqu'un arrivait !

Mon Dieu ! mais dans son énorme gourde, il y a sûrement
de l'eau. Il faut parvenir jusqu'à lui. Au prix de quels efforts ?
N'importe, j'y parviendrai.

Je rampe, mes jambes traînent, mes bras affaiblis meuvent
à peine le corps immobile. Cinq mètres tout au plus me
séparent du cadavre ; mais, pour moi, c'est sinon plus, en tout
cas pire que des dizaines de kilomètres. Il faut quand même
ramper. Ma gorge est enflammée et brûle comme du feu. Et
puis, sans eau, je mourrai plus vite. Peut-être tout de même...

Et je rampe. Mes pieds raclent la terre, et chaque mouvement provoque une douleur insupportable. Je crie, je crie en
sanglotant, et je rampe quand même. Enfin le voici. Voici la
gourde; il y a dedans de l'eau... et que d'eau! il me semble
qu'elle est plus qu'à moitié pleine. Oh! j'aurai de l'eau pour
longtemps... — Jusqu'à la mort!

Tu me sauves, ma victime. Je me suis mis à détacher la
gourde, en m'appuyant sur un coude, et tout d'un coup, ayant
perdu l'équilibre, je suis tombé le visage sur la poitrine de
mon sauveur. On sentait déjà une forte odeur de cadavre.

Je me suis désaltéré. L'eau était chaude, mais elle n'était
pas gâtée, et puis il y en avait beaucoup. Je vivrai encore
quelques jours. Je me souviens d'avoir lu dans un traité de
physiologie que l'homme peut vivre plus d'une semaine sans
nourriture, pourvu qu'il ait de l'eau. Oui, il y a même dans
ce livre l'histoire d'un suicidé qui se laissa mourir de faim. Il
vécut très longtemps parce qu'il buvait.

Eh bien? Si je vis encore cinq ou six jours, qu'est-ce que
cela me fera? Les nôtres sont partis, les Bulgares se sont
dispersés. Il n'y a pas de route dans le voisinage. Je mourrai
quand même. Seulement, au lieu d'une agonie de trois jours,
je m'en suis fait une d'une semaine. Ne vaut-il pas mieux en
finir? A côté de mon voisin se trouve son fusil, un excellent
produit anglais. Il suffit de tendre la main; puis, un clin d'œil,
et c'est fini. Des cartouches traînent également par terre;
il y en a un tas. Il n'a pas eu le temps de les employer toutes.

Alors, faut-il que j'en finisse ou que j'attende? — Quoi? La
délivrance? La mort?.. Attendre jusqu'à ce que les Turcs

La baïonnette lui est entrée droit dans le cœur... C'est moi qui ai fait
cela (p. 286) !

arrivent et se mettent à enlever la peau de mes jambes blessées ? — Il vaut mieux que j'en finisse moi-même...

Non, il ne faut pas perdre courage ; je lutterai jusqu'à la fin,
jusqu'à mes dernières forces. Car si l'on me trouve, je suis
sauvé. Peut-être mes os ne sont-ils pas touchés ; on me gué-
rira. Je reverrai mon pays, ma mère, Macha...

Bon Dieu, fais qu'elles ne sachent jamais toute la vérité !
Qu'elles pensent que j'ai été tué raide. Que deviendront-elles,
lorsqu'elles auront appris que j'ai agonisé pendant deux, trois,
quatre jours !

La tête me tourne ; l'effort de ramper jusqu'à mon voisin
m'a définitivement épuisé. Et, par-dessus le marché, cette
horrible odeur ! Comme il est devenu noir !... Comment sera-
t-il demain ou après demain ? Je ne reste maintenant ici que
parce que je n'ai pas assez de forces pour m'éloigner. Je me
reposerai et je ramperai jusqu'à mon ancienne place ; le vent
vient justement de là-bas, il emportera loin de moi l'odeur
repoussante.

Je suis couché dans un état d'épuisement complet. Le
soleil me brûle le visage et les mains. Je n'ai rien pour me
couvrir. Si la nuit arrivait enfin : ce sera, il me semble, la
deuxième.

Mes idées s'embrouillent et je m'endors.

...J'ai dormi longtemps, car, lorsque je me suis réveillé, il
faisait déjà nuit. Tout est comme avant : mes blessures me font
souffrir, mon voisin est toujours aussi énorme et immobile.

Je ne peux m'empêcher de penser à lui. Ai-je donc quitté

tout ce qui m'était doux et cher, fait une marche de mille
verstes, subi la faim, le froid, la chaleur ; suis-je donc enfin
couché ici, en proie à des douleurs atroces, rien que pour que
ce malheureux ait cessé de vivre ? Qu'ai-je accompli d'utile
pour les opérations militaires, à part ce meurtre ?

Un meurtre, un meurtrier... et qui donc ? Moi !

Lorsque j'eus l'idée d'aller combattre, ma mère et Macha ne
m'en dissuadèrent pas, tout en me baignant de leurs pleurs.
Aveuglé par mon idée, je ne voyais pas ces pleurs. Je ne com-
prenais pas (maintenant je l'ai compris) ce que je faisais des
êtres qui me sont chers.

Mais cela vaut-il la peine de s'en souvenir ? On ne fait pas
renaître le passé.

Et quelles étranges appréciations mon acte a provoquées
chez beaucoup de mes connaissances.

— Ah ! le fou ! il se fourre sans savoir lui-même où ni
pourquoi !

Comment pouvaient-ils parler ainsi ? Comment de telles
paroles s'accordent-elles avec *leurs* idées sur l'héroïsme,
l'amour de la patrie et autres choses analogues ? A *leurs* yeux
je possédais toutes ces vertus. Et, malgré cela, je suis un fou !

Je me rends donc à Kichenev ; on me charge d'un havre-
sac et de toutes sortes d'attributs militaires. Et je marche avec
des milliers de soldats parmi lesquels, sans doute, quelques-
uns seulement sont là de leur plein gré, comme moi. Les autres
seraient restés chez eux, si on le leur avait permis. Cependant
ils marchent aussi bien que nous autres volontaires, ils
font des milliers de verstes, ils combattent aussi bien que nous,

peut-être mieux. Ils accomplissent leur devoir, eux qui aban-
donneraient tout et s'en iraient aussitôt, si on le leur permettait.

... Une piquante brise matinale se fit sentir. Les buissons
s'agitèrent, un petit oiseau à moitié endormi s'envola. Les
étoiles s'éteignirent. Le ciel bleu foncé devint gris, se couvrit de
gracieux et légers nuages plumeux. Une demi-obscurité pla-
nait sur la terre. C'était l'aurore de la troisième journée de
ma... comment l'appellerai-je ? La vie ? L'agonie ?

La troisième... Combien m'en reste-t-il encore ? En tout cas,
pas beaucoup. Je suis très affaibli et il me semble que je ne
pourrai m'éloigner du cadavre. Bientôt nous nous vaudrons,
et nous ne nous gênerons plus l'un l'autre.

... Il faut que je me désaltère. Je boirai trois fois par jour :
le matin, à midi et le soir.

Le soleil s'est levé. Son énorme disque, tout strié et divisé
par les branches noires des buissons, est rouge comme du
sang. Je crois qu'il fera chaud aujourd'hui. Mon voisin, que
deviendras-tu ? Maintenant déjà, tu es horrible.

Oui, il était horrible. Ses cheveux commençaient à tomber.
Sa peau, autrefois noire, était devenue pâle et jaune ; son
visage enflé était tellement tendu, que la peau avait crevé
derrière l'oreille. Des vers y pullulaient. Ses pieds, serrés dans
des bottines, avaient gonflé et, entre les crochets des bottines,
d'énormes ampoules s'étaient produites. Et tout son corps
était énormément tuméfié. Qu'en ferait le soleil tout à l'heure ?

... Il m'est insupportable d'être couché si près de lui. Je
dois m'en éloigner coûte que coûte. Mais y parviendrai-je ?

Je peux encore lever le bras, déboucher la gourde, me désaltérer ; mais déplacer mon corps lourd et immobile ? J'essaierai quand même, dussé-je ne m'éloigner que d'un demi-pas par heure.

Toute la matinée est employée à ce déplacement. La douleur est forte, mais que m'est-elle maintenant ? Je ne me rappelle plus, je ne peux plus me figurer les sensations d'un homme bien portant. Je suis même comme habitué à la souffrance. Ce matin, je suis quand même parvenu à m'éloigner d'environ cinq mètres, et à me retrouver à ma place antérieure. Mais je n'ai pas joui longtemps de l'air frais, si l'air peut être frais à six pas d'un cadavre en putréfaction. Le vent change et m'apporte de nouveau l'odeur, tellement repoussante qu'elle me donne des nausées. Mon estomac vide se contracte douloureusement et convulsivement. Tous mes viscères se retournent en moi. Et toujours cette infecte odeur qui m'écœure !...

Je suis pris de désespoir et je pleure...

Extrêmement affaibli et tout étourdi, j'étais étendu presque dans un état de défaillance. Tout à coup... n'est-ce pas l'illusion d'un esprit détraqué ? Il me semble que non. Oui, c'est une conversation. Un piétinement de chevaux, un bruit de voix humaines. J'ai voulu crier, mais je me suis retenu. Si ce sont des Turcs ? Qu'arrivera-t-il alors ? A ces tourments d'autres s'ajouteront, plus horribles, dont le simple récit fait dresser les cheveux. Ils m'arracheront la peau, rôtiront mes jambes blessées... Et si ce n'était que cela ! mais ils sont inventifs. Vaut-il donc mieux expirer dans leurs mains que de

mourir ici?... Et si c'étaient des nôtres? Ah! buissons mau-
dits! pourquoi élevez-vous autour de moi une haie aussi
épaisse? Je ne vois rien à travers; sur un seul point, il y a,
entre les branches, comme une petite fenêtre, qui m'ouvre la
vue dans le lointain. Il y a là, je crois, un petit ruisseau, où
nous avons bu avant le combat. Oui, voilà l'énorme grès placé
sur le ruisseau comme un petit pont. Ils passeront sûrement
par là. Le bruit s'apaise. Je ne peux distinguer la langue qu'ils
parlent : j'ai même l'ouïe affaiblie. Mon Dieu, si c'étaient des
nôtres... Je vais crier, ils m'entendront même du ruisseau.
Cela vaut mieux que de m'exposer à tomber entre les pattes
des Bachi-bouzouks. Pourquoi donc tardent-ils si longtemps?
L'impatience me tourmente ; je ne perçois même plus l'odeur
du cadavre, quoiqu'elle n'ait point diminué.

Et tout d'un coup, au passage du ruisseau, se montrent des
cosaques! Des uniformes bleus, des bandes de pantalon rouges,
des lances. Il y en a toute une demi-centaine. En avant, sur
un excellent cheval, un officier portant une barbe noire. A
peine la troupe a-t-elle franchi le ruisseau, qu'il se tourne sur
sa selle en arrière de tout son corps, et crie :

— Au t-r-r-ot, ma-arche!

— Attendez, attendez pour Dieu! Au secours, au secours,
mes frères! crié-je.

Mais le piétinement des chevaux robustes, le cliquetis des
sabres et la conversation animée des cosaques sont plus forts
que mon râle — et on ne m'entend pas!

Oh! Anathème! Epuisé, je tombe, le visage contre le sol
et me mets à sangloter. De la gourde renversée par moi, coule

l'eau, ma vie, mon salut, le sursis de ma mort. Mais je ne
m'en aperçois que lorsqu'il ne reste pas plus d'un demi-
verre d'eau : le reste a disparu dans la terre avide et
sèche.

Puis-je me rappeler la stupeur qui s'empara de moi après
cet horrible incident? Je restais immobile, les yeux à demi
clos. Le vent changeait tout le temps et tantôt m'apportait de
l'air frais et pur, tantôt de nouveau l'odeur de la pourriture.
Mon voisin était devenu ce jour-là plus horrible qu'aucune
description ne saurait l'exprimer. A un moment donné,
lorsque j'ouvris les yeux pour le regarder, je fus pris d'épouvante. Son visage n'existait plus. La peau s'en était détachée.
Le terrible rictus des os, le rictus éternel, me semble plus
hideux, plus affreux que jamais, quoique j'eusse eu plus
d'une fois l'occasion de tenir dans mes mains des crânes, et de
préparer des têtes entières. Ce squelette en uniforme, avec des
boutons luisants, me fit frissonner.

« C'est la guerre, pensais-je ; voilà son image. »

Le soleil chauffe et brûle comme auparavant. Mes mains et
mon visage sont brûlés depuis longtemps. J'ai bu tout le
restant de l'eau. J'étais tellement tourmenté par la soif que
malgré ma résolution de boire une gorgée, j'avais avalé le
tout d'un seul coup. Ah! pourquoi n'ai-je pas hélé les cosaques,
lorsqu'ils étaient si près de moi? Les cavaliers eussent-ils même
été des Turcs, mieux eût valu pour moi. Car ils m'auraient tor-
turé pendant une heure, deux heures, tandis que maintenant, je
ne sais pas combien de temps encore je resterai couché ici
à souffrir. Ma mère, ma chérie! Tu arracheras tes tresses

grises, tu frapperas de la tête contre le mur, tu maudiras le
jour où tu m'as mis au monde, tu maudiras tout l'univers
pour avoir inventé la guerre si fatale aux hommes.

Mais, toi et Macha, vous n'apprendrez probablement pas
mes souffrances. Adieu, ma mère, adieu, ma fiancée, mon
amour ! Ah ! comme c'est pénible, comme c'est douloureux !
Quelque chose m'étreint le cœur.

Encore ce petit chien blanc ! Le concierge n'en eut pas de
pitié, il lui broya la tête contre le mur, et le lança dans une
fosse où l'on jetait les ordures et les détritus. Mais il était
encore vivant et il souffrit encore pendant vingt-quatre heures.
Moi, je suis plus malheureux que lui, puisque je souffre déjà
depuis trois longues journées. Demain, c'est le quatrième,
puis le cinquième, le sixième... Mort, où es-tu ? Viens ! viens !
Prends-moi !

Mais la mort ne vient pas, et ne me prend pas. Et je suis
couché sous un soleil terrible, je n'ai pas une gorgée d'eau
pour rafraîchir ma gorge enflammée, et le cadavre m'infecte.
Il est complètement pourri. Des myriades de vers en tombent.
Comme ils grouillent ! Lorsqu'il sera dévoré, et qu'il n'en restera que les os et l'uniforme, alors mon tour viendra. Et je
serai comme lui.

Le jour se passe, la nuit se passe. Toujours la même chose.
Le matin arrive. Toujours la même chose. Encore un jour se
passe...

Les buissons s'agitent et bruissent comme s'ils parlaient
doucement.

—- Tu mourras, tu mourras, tu mourras, murmurent-ils.

— Tu ne les verras pas, tu ne les verras pas, tu ne les verras pas, répondent les buissons de l'autre côté.

— Il n'y a pas moyen de les découvrir! prononça une voix forte à côté de moi.

Je suis pris d'un frisson, et je reviens brusquement à moi. A travers les buissons me regardent les bons yeux bleus de Yakovlev, notre caporal.

— Des pelles! crie-t-il. Il y en a encore deux par ici ; un des nôtres et un des leurs.

— Pas besoin de pelles, il ne faut pas m'enterrer, je suis vivant! veux-je crier; mais un faible gémissement s'exhale seul de mes lèvres desséchées.

— Mon Dieu! Mais on dirait qu'il est encore en vie? Monsieur Ivanoff! Mes braves! venez ici, notre monsieur est vivant! Et courez vite chercher un médecin.

*
* *

Une demi-minute après on me verse dans la bouche de l'eau, de l'eau-de-vie et encore autre chose. Puis tout disparaît.

La civière se meut avec un doux balancement. Ce mouvement me berce. Tantôt je me réveille, tantôt je m'endors de nouveau. Mes blessures, pansées, ne me font pas mal; une sensation de bien-être indicible est répandue dans tout mon corps.

— Halte-là! mettez par terre! Infirmiers! quatrième détachement, marche! à la civière! Prenez... soulevez!

C'est Pierre Ivanitch, l'officier de notre ambulance, un homme grand, maigre et très doux, qui commande. Il est si grand qu'en tournant les yeux de son côté, je vois constamment sa tête avec sa barbe longue et rare et le haut de son corps, quoique la civière soit portée sur les épaules de quatre soldats robustes.

— Pierre Ivanitch ! murmurai-je.

— Quoi, mon cher ?

Pierre Ivanitch se penche sur moi.

— Pierre Ivanitch ! que vous a dit le docteur ? Est-ce bientôt que je mourrai ?

— Allons donc, Ivanoff. Vous ne mourrez pas. Vous avez tous les os intacts. Quelle chance ! Pas un os, pas une artère ! Comment avez-vous pu vivre ces trois jours et demi ? Qu'avez-vous mangé ?

— Rien.

— Et qu'avez-vous bu ?

— J'ai pris la gourde du Turc. Pierre Ivanitch, je ne peux pas parler maintenant. Plus tard.

— Eh bien, que le ciel vous conserve, mon cher, dormez tranquillement.

De nouveau le sommeil, l'oubli...

Je me suis réveillé dans l'ambulance divisionnaire. Auprès de moi se tiennent des médecins, des sœurs de charité, et en outre je vois le visage connu d'un célèbre professeur de l'Académie de Pétersbourg, penché au-dessus de mes jambes. Il les examine rapidement et m'adresse la parole :

— Eh bien, vous avez de la chance, jeune homme ! Vous

vivrez. Nous vous avons bien pris une jambe, mais ce n'est rien. Pouvez-vous parler?

Je peux parler et je leur raconte tout ce qui est écrit ci-dessus...

TABLE DES MATIÈRES

ÉVREUX, IMPRIMERIE DE CHARLES HÉRISSEY

GEORGES OHNET

LES VIEILLES RANCUNES

ILLUSTRATIONS DE SIMONAIRE

Un volume in-4º écu. Broché, **10 fr.** Relié. . . . . **15 fr.**

COLLECTION OLLENDORFF ILLUSTRÉE
A 2 FR. LE VOLUME

YAN, par Jean RAMEAU (Illustrations de Maximilienne Guyon).

EDDY & PADDY, par Abel HERMANT (Illustrations de J.-E. Blanche).

LA VOCATION, par Georges RODENBACH (Illustrations de H. Cassiers).

LA VOLONTÉ DU BONHEUR, par Jules CASE (Illustrations de A Brouillet).

GRANDEUR ET DÉCADENCE DE MINON-MINETTE, PATAUD, par Francisque SARCEY (Illustrations de Georges Redon).

LES CORNALINES, par Charles FOLEŸ (Illustrations de L.-E. Fournier).

LA FILLE DU DÉPUTÉ, par Georges OHNET (Illustrations de René Lelong).

LA ROBE, par Paul PERRET (Illustrations de P. Kauffmann).

ANNÉES DE PRINTEMPS, par André THEURIET (Illustrations de Maximilienne Guyon).

MIREMONDE, par Henri ROUJON (Illustrations de M.-G. Mendez).

LE SERMENT, par J.-H. ROSNY (Illustrations de Lucien Métivet).

MADEMOISELLE CLÉMENCE, par Émile POUVILLON (Illustrations de Jeanniot).

COLLECTION POUR LES JEUNES FILLES
(COURONNÉE PAR L'ACADÉMIE FRANÇAISE)

Choix de mémoires et écrits des femmes françaises aux XVIIe, XVIIIe *et* XIXe *siècles avec leurs biographies.*

PAR

Mme CARETTE, née BOUVET

ONT PARU :

LA DUCHESSE D'ABRANTÈS . . .	1 vol.	MADEMOISELLE DE MONTPENSIER	1 vol.
MADAME CAMPAN	1 vol.	MADAME ROLAND	1 vol.
MADAME LA COMTESSE DE GENLIS	1 vol.	MADAME VIGÉE LE BRUN . . .	1 vol.
MADAME DE STAAL DELAUNAY .	1 vol.	MADAME DE MOTTEVILLE . . .	1 vol.

Chaque volume grand in-18 jésus. . . . . **3 fr. 50**

ÉVREUX, IMPRIMERIE DE CHARLES HÉRISSEY

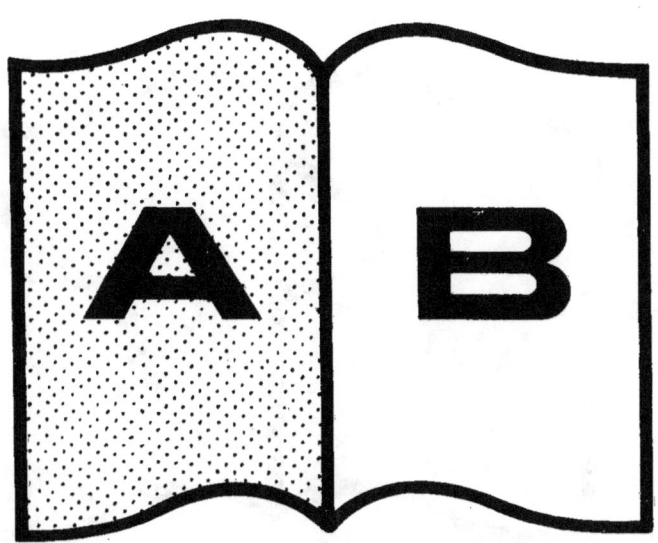

Contraste insuffisant

NF Z 43-120-14

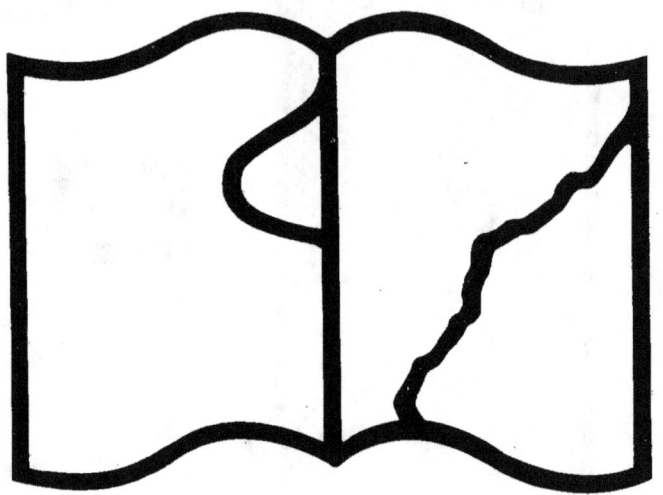

Texte détérioré — reliure défectueuse

NF Z 43-120-11